Didier Daeninckx

La route du Rom

Une enquête de
Gabriel Lecouvreur, dit le Poulpe

Gallimard

© Le Seuil éditions, Paris 2003.

Didier Daeninckx est né en 1949 à Saint-Denis. De 1966 à 1975, il travaille comme imprimeur dans diverses entreprises, puis comme animateur culturel avant de devenir journaliste dans plusieurs publications municipales et départementales. En 1983, il publie *Meurtres pour mémoire*, première enquête de l'inspecteur Cadin. De nombreux romans noirs suivent, parmi lesquels *La mort n'oublie personne, Lumière noire, Mort au premier tour*. Écrivain engagé, Didier Daeninckx est l'auteur de plus d'une quarantaine de romans et recueils de nouvelles.

au Vengo *de Tony Gatlif*

1
Hérédité propre

— Je te dis qu'il dort... Regarde, Jésus, il ne réagit pas quand je passe la main devant ses yeux. Il a pas besoin de nous. On fait quoi avant d'aller chercher les huîtres ? dit Déméter en passant la flamme du briquet sous la barrette de shit.

— Rien. Moi, je reste encore un peu. On a le temps jusqu'à la nuit, lui chuchote Jésus près de l'oreille. Je sais qu'il ne dort pas et, lui aussi, il le sait qu'il est en train de partir. Fais ce que tu veux, je ne bouge pas. C'est le dernier de la famille, du côté de mon père. Tu comprends ?

Jésus se penche, le tabouret basculé sur deux pieds, pour remonter le drap sous le menton du vieillard tandis que Déméter s'est accoudé à la fenêtre pour se rouler une cigarette améliorée. Une pluie fine fait comme un rideau sur le paysage, de l'herbe grasse que foulent les étalons du haras, une haie pleine de corneilles, un mur d'arbres sombres dont les cimes disparaissent dans les nuages. Jésus l'a toujours connu solitaire, le grand-oncle, reclus entre ces quatre murs nus, et même quand il venait au camp à l'occasion d'un baptême, d'un mariage ou d'un enterrement, il restait à l'écart, attentif et silencieux. Tout le monde l'appelait La Bolée, un surnom qui lui restait du temps où il tenait un cinéma, dans une baraque de Corneville, au point qu'on avait fini par oublier qu'il appartenait à la lignée des Cuevas, les maîtres des moulins à huile de Grenade chassés d'Espagne, trois siècles plus tôt, par l'une des innombrables persécutions. Le majeur en catapulte contre le pouce, Déméter balance son mégot vers les chevaux ruisselants. Il quitte la piaule en raclant le parquet de ses santiags, et va s'affaler sur la banquette, à l'arrière de la Safrane, après avoir glissé une galette argentée dans la fente du laser. Il est chez lui partout où résonnent les notes de Radio Tarifa. Il s'assoupit, avec les guitares, les derboukas, en fond de rêve. Quand il ne prend pas d'alcool avec, le hasch lui fait l'effet de la camomille.

Dès qu'il est seul, Jésus se penche à nouveau vers le vieil homme, pose une main contre la joue creuse que dévore une barbe de plusieurs jours, puis il ferme les yeux. Ses lèvres effleurent le front de celui qui se repose, pour un baiser furtif. Quand il soulève les paupières, le regard fiévreux de La Bolée soudain s'accroche au sien.

— Ah, c'est toi, petit... Je crois que je me suis endormi... Tu es là depuis longtemps ?

— Un quart d'heure. à peine. Casilda t'a préparé de la soupe de pois cassés, avec des lardons, celle que tu préfères. Je l'ai réchauffée. Tu devrais en prendre un peu, histoire de te requinquer...

Il respire par trois fois, narines dilatées.

— Ça sent bon. Tu diras merci à ta mère.

Jésus remonte les oreillers, l'aide à s'y caler. Il vient s'asseoir sur le lit, et le fait manger en trempant la cuillère à même la casserole qu'il tient par la queue.

— Pourquoi tu ne viens pas avec nous ? On s'arrangerait pour te faire de la place, les femmes s'occuperaient de toi... J'ai garé la voiture dans la cour. Si tu veux, je demande à Déméter de me donner un coup de main... On te porte, c'est l'affaire de deux minutes...

— Te fatigue pas, je suis bien ici. J'ai attrapé une mauvaise grippe. Tu es gentil, tu n'es pas comme ton grand-père, toi, tu as bon cœur...

Jésus a rempli deux verres de vin rouge. Il les choque l'un contre l'autre avant d'en tendre un à son grand-oncle.

— Tu le connais mal... À ta santé.

— Sûrement, gamin, sûrement que je le connais mal ! Je n'en ai pas encore fait le tour, du phénomène. Si je compte bien, ça fait à peine soixante-quinze ans qu'on se renifle... Entre nous, c'est pas que le caractère : il n'a jamais supporté que je réussisse alors que c'était lui l'aîné. Je voulais pas lui faire d'ombre...

Ils boivent. Le silence les aide à émousser le tranchant des mots avant de les libérer.

— Tu te trompes, c'est pas comme ça qu'il te regarde... On est contents que tu aies pu t'acheter cette baraque au milieu des haras, avec des troupeaux de chevaux de course pour voisins... Il n'y a pas d'envie, pas de jalousie.

Il sort un bras de sous la couverture et vient le poser sur l'épaule de son neveu.

— C'est quoi alors, le problème, si on ne me reproche pas d'avoir enlevé les roues de la maison ?

— D'être resté seul. De ne pas t'être marié avec Incarna, de n'avoir pas voulu d'enfants... C'est la seule chose que j'aie entendue contre toi, de toute ma vie. Un homme reçoit une famille à sa naissance, et son seul véritable devoir est de la transmettre...

Il tend son verre.

— Redonne-moi à boire, et éteins cette lumière, c'est la lune rousse. Elle va passer à travers les nuages. Ça te fait quel âge maintenant ?

— Bientôt quarante-deux...

— Tu as déjà fait un bout de chemin, pourtant tu es toujours un gamin pour moi... Je voulais te dire trois choses, Jésus. Une qui est facile, une autre qui n'est pas simple, une dernière qui est tellement impossible que je ne sais pas si je vais réussir à la faire sortir par la bouche ou par les tripes... Faudra m'aider. Tout d'abord, tu dois savoir que j'ai signé des papiers qui sont cousus dans la doublure de ma veste... Dès le début, je t'ai considéré comme un fils, et tu ne m'as pas rejeté. Quand je partirai, tout ce qui est ici sera à toi, de la cave au grenier. La deuxième chose, c'est pas une condition, juste un service que je te demande... C'est toi qui vois...

— Quoi que ce soit, je te le promets... Ce que tu veux, je le peux.

— Le jour de mon départ, va voir Incarna. Dis-lui qu'il ne s'est pas passé une heure dans ma vie sans que je pense à elle. Toute notre enfance, on l'a vécue ensemble, comme des siamois, et mon compteur est resté bloqué sur ces années-là. Ensuite, c'est la merde, la vie a mal distribué les cartes... Que du noir dans mon jeu. Je sais qu'elle a été heureuse avec Hoffmann, je veillais sur son bonheur, de loin. Si ça n'avait pas été le cas, tu peux être sûr que j'aurais sorti le couteau. Pour le reste, je crois que je n'ai pas assez bu...

Il reste à peine de quoi remplir un verre, et Jésus le lui réserve.

— Tu veux que je demande à Déméter d'aller nous en chercher une autre à l'épicerie ?

— Laisse-le tranquille à la fin, j'ai des munitions sous l'évier, de la gnôle de cidre de chez Louchemin. Tu ne les as pas connues, leurs distilleries, elles étaient rue Thiers, en allant sur la gare... Pendant la guerre, au lieu de remplir des flacons, ils fabriquaient des explosifs, avec l'alcool des pommes acides. Bizarre, non ? Il y a deux choses que les hommes réussissent, à partir de n'importe quoi : se bourrer la gueule et se la faire sauter ! J'étais très pote avec un des livreurs dont le père coupait les cheveux chez Delanois. Va savoir comment ça se goupillait, mais, à chaque fois qu'il passait devant mon cinoche, un carton de liqueur du Couvent faisait un saut par-dessus la ridelle du camion ! En échange, il rentrait gratis dans la salle, avec toute sa marmaille.

— Il était de chez nous ?

Le vieillard s'essuie le visage à l'aide d'un coin du drap pendant que Jésus, accroupi devant le lavabo, remue les produits d'entretien à la recherche de la réserve de fine. Il revient près du lit en brandissant une bouteille de gewurztraminer au col effilé. Il tire le bouchon, approche son nez du goulot pour vérifier ce qui est inscrit au stylo-bille sur un morceau de sparadrap collé en travers de l'étiquette originelle : « eau-de-vie ».

— Non ! Je viens de te dire que son père était coiffeur... Même aujourd'hui, j'imagine pas un paysan du coin confier sa barbe et sa moustache à un Rom aux mains pleines de rasoirs... Rempailler les chaises, carder la laine, rembourrer les matelas, tanner les peaux de lapin, tourner les bobines de film, ça va... Affûter les ciseaux, c'est déjà limite... Tendre le cou, faut pas y penser. Allez, donne-moi un fond de verre pour commencer... Ça va me donner du courage. Sers-toi, il va t'en falloir aussi... Vous devez partir à quelle heure ?

— On a tout notre temps... Pour les huîtres, plus on attend et meilleur c'est.

Une clarté diffuse, légèrement dorée, parvient à percer les nuages, projetant la forme croisée de la fenêtre sur la couverture écossaise.

— Tu sais comment elle s'appelle la rivière qui traverse le pays ?

Jésus ne peut pas s'empêcher de rire.

— Oui, le Merdelet...

— Exact, on ne s'en lasse pas. Ça ne leur plaît pas trop aux gens d'ici d'avoir une rivière à nom d'égout, ils auraient préféré que ce soit au féminin, pour que ça rende hommage aux pis des vaches d'où leur vient leur argent, la Mer de Lait, ou à la nourricière aux seins généreux si tu mets un accent sur mère... Sauf que c'est LE Merdelet et que ça prouve bien que, nés dedans, ils y barboteront jusqu'à leur dernier jour.

— Tu les aimes pas trop, toi non plus...

Il réchauffe le verre entre ses mains, respire les vapeurs d'alcool.

— J'ai réussi à me faire quelques amis parmi eux, mais aucun ne m'a jamais invité à sa table ou à une fête de famille. Le pire, c'est les femmes, elles protègent la vaisselle et la progéniture... Ils ouvrent leur porte quand ils sont encore célibataires, après il faut attendre qu'ils soient veufs. Entre-temps, ils font des exceptions pour ceux d'entre nous qui jouent de la guitare. Pour être tout à fait juste, je dois te confier que j'ai habité pendant plus d'un an dans une de leurs grandes maisons du centre-ville. Nourri, logé, blanchi, aux frais de la princesse ! C'est de ça que je voulais te parler, en dernier... À l'époque, j'étais tout jeune, je voyais le monde comme une pomme d'amour, et j'avais les dents pour le croquer. Notre campement principal se trouvait au nord de Corneville, pas très loin de l'aérodrome de Malvertus. Une vingtaine de roulottes, deux belles cabanes, plus quelques tentes avec une mare, pour les chevaux, alimentée par une source d'eau claire. Un paradis. C'est là que je veux être enterré. On était chez nous : c'est ton arrière-grand-père, Manuel Cuevas, qui avait acheté le terrain au début du siècle avec l'argent gagné aux tanneries. Il faisait pas le sale boulot, dans la puanteur des bacs, non, c'était un véritable artiste, un hongroyeur. Il savait les produits rares, les préparations volcaniques, qui donnent sa souplesse au cuir, l'empêchent de devenir cassant ou ridé et creusé comme le visage d'un vieil Indien... Il tenait ça d'un Rom d'Alsace, ancêtre de ton copain Déméter, qui lui aussi s'était arrêté au plus près de l'océan. Grâce à lui, les peaux des vaches de Corneville ont conquis Paris, on en faisait des manteaux à la mode, des blousons vendus sur les Champs-Élysées ! Dès qu'il a eu assez d'argent pour le terrain, Manuel a arrêté de venir à l'atelier chargé de ses sacs de poudres. Aussitôt, le cuir s'est rabougri. Sans le mystère de l'alun, il est redevenu ordinaire. Ils ont voulu monnayer ses secrets, mais il a préféré mourir avec. La *tierra de cuero*, on l'appelait ainsi, c'est là que je suis né, tout comme Andres ton père, Casilda et Incarna... Ils nous traitent de voleurs alors qu'on ne fait que chaparder quand, eux, ils pillent... On nous accuse de respirer l'odeur de la volaille, quand c'est eux qui partent avec le poulet !

Jésus allume deux cigarettes à la même allumette et en tend une au vieil homme qui aspire la fumée avec volupté.

— Qu'est-ce que tu veux dire exactement avec ton poulet rôti, je ne comprends pas...

— Chaque heure, dans une vie, c'est comme un fil qui affleure, et ça fait plus de trois quarts de siècle que je les tire un à un... Tu peux me pardonner que ce soit un peu embrouillé, non ? En vérité, ça ne l'est pas tant que ça, gamin : avec un brin de patience, ou en prenant du recul, tu finiras par distinguer le motif... Je suis devenu honnête après les bombardements, lorsque j'ai eu l'idée de monter une baraque en bois, au milieu des ruines, et de la transformer en salle de cinéma. Avant, je faisais comme tout le monde, je laissais traîner mes mains. Si vous n'êtes pas les derniers, pour les huîtres, vous n'êtes pas les premiers non plus... Les tombées de camion, le coup du journal, le coup du chapeau, on connaissait déjà tout. J'étais presque blond à l'époque et, si j'évitais de trop prendre le soleil, ma peau restait assez claire pour qu'on me confonde avec un Normand taillé dans la souche. Normalement, si j'avais pas fait le mariole, j'aurais dû passer au travers des mailles du filet. Le problème, à cet âge-là, c'est qu'on ne sait pas encore où est le frein. Ils m'ont alpagué alors que je siphonnais un réservoir, devant le garage du Centre que tenait Despâtis, le concessionnaire Ford, au début de la rue Thiers. Quand j'ai essayé d'expliquer qu'il y avait maldonne, l'un des gendarmes a fait semblant de gratter une allumette devant ma bouche. J'ai fait un saut en arrière pour pas prendre feu de la gueule. Ils m'ont collé contre la pompe de Mobiloil, le canon d'un calibre braqué sur la tempe. C'étaient pas des gars du coin, ils venaient de Caen je crois, pourtant ils bossaient pareil. Fouille au corps, taloches, coups de brodequins, je préfère passer sur le vocabulaire... Ils ont confisqué mon carnet anthropométrique, puis m'ont bouclé pour la nuit dans une cave de la rue de la Mégisserie. Il y avait du sang sur les murs, par terre ça puait la pisse. J'ai pas dormi une minute, j'entendais les machines de Charace, l'usine de beurre, les générateurs d'électricité, les allées et venues des ouvrières et, à partir du petit matin, le claquement des sabots, le roulement des carrioles de livraison sur les pavés de granit. Le lendemain, je pensais qu'ils allaient m'emmener au tribunal. Le tarif, pour un flagrant délit, tournait autour de trois mois fermes. Au lieu de ça, je me suis retrouvé menotté à un type d'une trentaine d'années qu'ils ont extrait d'une autre cellule de la gendarmerie. Pas un Rom, pas un Français non plus. Il était encore plus abîmé que moi et parlait une sorte d'allemand. On a traversé Corneville à pied, encadrés par deux képis. Pour tout arranger, on était mardi, qui était jour de marché à l'époque, et ils se sont fait un plaisir de nous balader rue de l'Église, rue de l'Officialité, au Tripot, partout où se dressaient les étals, pour être certains que toute la ville serait au courant. Dans ces cas-là, le monde se résume aux bouts de tes pompes, gauche-droite, gauche-droite, sur lesquels tu braques ton regard. Quand on est passés à hauteur de l'escalier qui menait alors vers la collégiale, des gamins en béret et blouse grise se sont mis à nous balancer des pierres sans que personne ne réagisse.

Jésus se baisse pour prendre la bouteille d'eau-de-vie posée contre le pied du lit.

— J'espère que tu les as repérés, ces petits cons, que tu leur as fait leur fête en sortant ! Tu as encore soif ?

— J'ai ma dose, merci... En plus, elle est traître, elle tape la nuque avec un petit décalage, faut se méfier... Bien sûr que je les ai revus, les mômes. Cinq ans plus tard, ils avaient oublié, ils venaient me supplier de leur réserver les loges, dans la baraque, pour pouvoir peloter leurs copines en toute tranquillité. C'est aux parents que j'en veux. À ma façon, en refilant les billets à ceux qui nous jetaient des cailloux, je rendais le Bien pour le Mal, avant de lancer les bobines de *L'Auberge rouge* ou de *L'Inconnu du Nord-Express*. Moi, j'ai rien reçu. Mon compagnon de chaîne s'en est pris une de caillasse, sur le front, ça s'est mélangé au reste. En bas de la rue, d'un coup d'épaule, un des deux gendarmes nous a obligés à tourner sur la gauche, devant les grilles de l'ancienne caserne des pompiers qu'ils sont en train de transformer en musée...

D'une pression du pouce, Jésus fait jaillir la lame de son couteau à cran d'arrêt. Il coupe une lamelle de la pomme qu'il est allé prendre sur la table, la porte à sa bouche.

— C'est là où les poteaux sont décorés avec de grosses potiches pleines de fleurs en pierre sculptée ?

— Exactement, t'as l'œil. On était attendus en face, au pensionnat de jeunes filles de la rue Vertugadin, à côté des bureaux du *Journal de Corneville*, qui a dû cesser de paraître à la fin de la guerre... Avant que ça pète, c'était tenu par les Sœurs, aujourd'hui c'est les Frères, on a rajouté le service trois pièces. Une fois le porche franchi, nous nous sommes retrouvés dans une cour délimitée par trois bâtiments en forme de fer à cheval. Du fil de fer barbelé broussaillait sur les murs. Deux cents bonshommes au crâne rasé, tous vêtus du même uniforme taillé dans de la toile à matelas, se tenaient en rangs impeccables devant un groupe de militaires. À tour de rôle, un homme se détachait d'une des files. Il se mettait au garde-à-vous pour gueuler le rapport de sa chambrée. *« Dortoir numéro 3. Effec-*

tif : 25. Pas de malades, pas de blessés. 25 valides pour le travail. » L'administration de la prison occupait le rez-de-chaussée et deux bureaux du premier étage. L'un des gendarmes nous a détachés tandis que l'autre remettait nos dossiers à un soldat vert-de-gris. Dès qu'ils sont partis, il a fallu se déshabiller entièrement, passer sous le jet d'eau froide, dans la cour, puis à la séance de désinfection. Pas d'épouillage. Pour plus de sûreté, un détenu nous a tondu la tête et les poils d'en bas, avant de nous montrer nos places dans les dortoirs. Toujours nus. Une heure après, j'ai pu enfiler une tenue rayée qui puait la sueur de celui qui l'avait portée avant moi. Mort, à tous les coups... C'est à ce moment précis que j'ai compris que j'étais devenu une sous-merde. Dans les piaules, c'étaient des lits superposés, deux fois douze, plus un lit simple pour le chef de bloc. Le matelas était rempli pour moitié de paille, pour l'autre de vermine. On a pas eu droit à la soupe du midi et personne ne s'est proposé pour partager son écuelle avec nous. De la flotte avec des morceaux de chou, une tranche de pain. J'ai pas envie de leur chercher d'excuses, mais c'est vrai qu'on faisait riches, on avait encore un peu de couenne sur les os et eux plus que la peau. Au début, j'ai cru que les chambrées étaient constituées par nationalités, parce que dans la mienne il n'y avait que des Roms, à part le responsable. Pareil pour le type amené en même temps que moi : il s'est retrouvé avec d'autres prisonniers originaires de Saxe et de Rhénanie. La réalité s'est révélée beaucoup plus vicieuse que les apparences. Quand je disais « sous-merde », tout à l'heure, j'exagérais pas, c'est ce que nous étions, tous ceux de notre peuple. Juste au-dessus, à peine plus fréquentables, on trouvait les Allemands de Saxe et de Rhénanie, à égalité avec les pédés, ensuite les politiques principalement des communistes. Les maîtres du jeu, c'étaient les cinquante droit-commun, c'est eux qui faisaient le boulot de l'administration du camp. D'une certaine manière, avec mon histoire de siphonnage, j'en aurais fait partie si j'avais pas été un Rom...

— Qu'est-ce qu'ils traînaient, comme casiers, les droit-co ? Casses, meurtres, fausse monnaie ?

— Non, ceux-là, c'est le haut du panier, ils sont bons pour faire les têtes d'affiche dans les films de gangsters... Au pensionnat de jeunes filles, on héritait que du pire, question figuration... Des proxénètes, des types condamnés pour affaires de mœurs, viols, exhibitions, incestes. La police et l'armée savent que c'est avec la plus basse humanité qu'on fait les meilleurs gardes-chiourme. Le bruit courait que le type responsable de ma chambrée était tombé pour avoir violé une vieille femme de quatre-vingt-dix ans dans le cimetière de Grandcamp où elle fleurissait la tombe de son mari, disparu en mer. Il faisait régner la terreur chez les homos et obligeait René, le plus âgé d'entre eux, à le rejoindre dans son lit deux fois par semaine. Les copains m'ont rapidement fait comprendre que ça ne servirait à rien de protester. Le moindre geste de mauvaise humeur te valait d'être porté sur la liste des démineurs. À dévisser, à mains nues, les détonateurs des bombes non percutées, ton espérance de vie passe de quelques années à quelques jours... Pas facile de boucler sa grande gueule, surtout à vingt piges, il faut trouver un coin de sa tête pour y stocker toutes ses colères, ses rages, ses envies de vengeance, de meurtres, bien tenir l'inventaire de la crapulerie à jour, l'air de rien, pour le cas où. J'ai serré les dents plus souvent qu'à mon tour, joué à l'idiot, ça m'a permis d'être un des seuls à ne pas aller chatouiller les obus. Le matin, hiver comme été, ils nous viraient de la paillasse à cinq heures, c'est nous qui dérangions les coqs. On devait faire quatre fois le tour de la cour, au petit trot, avant d'avoir droit à un bol de faux café, un morceau de pain frotté à la margarine ou au saindoux. De la confiture, une fois. Ensuite, on se mettait en file devant les tinettes et le point d'eau, pour se débarbouiller. À six heures, les camions venaient se mettre à cul devant le portail, puis la chiourme nous enfournait dans les travées bâchées sous le regard des soldats en armes. On quittait Corneville par le haut de la gare et le domaine de Fantaisie. À un moment, le convoi suivait la ligne du Paris-Cherbourg avec en parallèle les berges de la Douve. On ne voyait personne, pas un train, pas une vache, toute la zone était interdite, à cause des bombardements. Le paysage était tout troué de cratères, ça ressemblait à la lune, mais en vert. On passait une laiterie, la halte ferroviaire de Bonnetvast avant de bifurquer sur la droite jusqu'aux Blanches-Pierres. Mon premier boulot, ça a été de planter des asperges géantes dans des champs dégagés qui auraient pu servir d'aire d'atterrissage aux planeurs. C'étaient des poteaux de béton qu'on fichait en terre, inclinés vers le nord-ouest. On en voit encore quelques-uns en se baladant dans la campagne, le reste a servi à rebâtir des granges. Ensuite, j'ai été affecté comme bête de somme aux rampes de lancement, à la ferme de la Vacquerie. Le matin, on formait une chaîne pour transporter les sacs de ciment et les moellons sur deux cents mètres, depuis le rond-point de déchargement jusqu'aux installations militaires. À midi, les gardes nous servaient de la flotte tiède aromatisée au navet le lundi, à la pomme de terre le mardi, et ainsi de suite. En rêvant d'un potage aussi compact que la soupe aux pois cassés de ta mère, Casilda, je l'avais surnommée la « bunker-soupe ». Pour tenir le reste de la journée, ils distribuaient à chacun un biscuit de soldat aussi dur que la pierre ou une pomme véreuse, en saison. Qu'il pleuve, qu'il neige, qu'il gèle, on transportait des poutrelles en béton armé, des engins de plus de six mètres de long, que les travailleurs libres, des Hollandais plus quelques Flamands, assemblaient sous le couvert des arbres de la forêt de Brix. Ils habitaient dans des fermes, vers Bricquebec, Saint-Sauveur, mieux nourris malgré le rationnement. Certains nous prenaient en pitié, ils nous refilaient des cigarettes, du pain, quelquefois un œuf ou un morceau de lard. Rien qu'à l'odeur du fumé, tu te sentais revivre. Le chef sifflait la fin de la journée à six heures l'hiver, sept en été. En cas de bombardement, tout le monde se précipitait vers les abris. Le problème, c'est que, lorsqu'on entendait les sirènes du port de Cherbourg, il était déjà trop tard, les avions se vidaient les entrailles au-dessus de nos têtes ! L'endroit à éviter, c'était la forêt. Alors, tu te posais dans un trou, en plein champ, en attendant que ça se passe. Le vieux que René obligeait à venir lui faire des cajoleries, dans son lit, est devenu fou pendant une attaque. Il se baladait sous les bombes en tenant un parapluie déglingué, persuadé qu'il était protégé... Un éclat l'a coupé en deux. Le dimanche, c'était relâche pour les galères, ils nous laissaient dormir une heure de rab. On consacrait la moitié de la matinée à nettoyer la piaule, les escaliers, la cour. Quand dix heures sonnaient, au clocher de l'église Saint-Malo, tous les hommes valides, droit-co, homos, communistes, Gitans et Rhénans mêlés, se mettaient en files impeccables devant le perron. Le commandant Leutner passait entre les rangs, pour l'inspection, en donnant tous les trois pas un coup de cravache nerveux sur le cuir de ses bottes. Deux sentinelles casquées ouvraient le portail du pensionnat. On sortait en marchant au pas, encadrés par une quinzaine de soldats, mitraillette chargée en bandoulière. Après un tour du centre-ville, on faisait halte sur la place du Château, là où se tenaient les foires aux bestiaux, où passaient les processions. Quand j'étais vraiment môme, c'est mon plus vieux souvenir, le cirque de cousins éloignés, des Cuevas de Toulouse, est venu s'installer pour une semaine avec sa ménagerie. Après, ils sont restés huit jours de plus chez nous, à la *tierra de cuero*, avec les girafes, les lions, les éléphants, les ours savants. Le bruit a couru dans la ville qu'un tigre évadé s'attaquait aux laitières en pâture. Les jongleurs, les équilibristes, les clowns répétaient leurs numéros autour du feu, les écuyères s'entraînaient dans la prairie avec les étalons. D'autres jouaient de la trompette et de l'accordéon près de la clairière. Il y avait une chanteuse de *flamenco puro*. Sa chanson est restée dans toutes les têtes, elle disait : « Je suis jalouse de la rivière, qui reflète ton visage... » On m'a dit que c'était la grand-mère de la Caïta. J'ai jamais vérifié. Nos parents faisaient semblant de ne pas voir les paysans du coin qui nous observaient en cachette, à plat ventre dans la luzerne. C'étaient les mêmes trognes à cidre qui ricanaient sur notre passage, le dimanche matin en se rendant à la messe, qui nous accablaient de leurs sarcasmes sur la place du Château, quand on venait faire de la gymnastique en tenue rayée.

Il s'arrête un moment pour regarder Jésus qui pique du nez.

— Je t'emmerde avec mes histoires ? Tu veux que j'arrête ?

— Non, je n'ai rien mangé d'autre ce soir que la pomme de tout à l'heure. C'est vrai qu'elle est vicieuse, ta gnôle... On a l'impression qu'elle descend en chauffant les boyaux mais, dans le même temps, elle t'enveloppe le cerveau. Il me faut du solide. Tu permets que je finisse les pois cassés ?

— Tu es chez toi...

Jésus se lève pour réchauffer la soupe. Au passage, il jette un coup d'œil sur la Safrane dont les vitres sont embuées, de l'intérieur, par la respiration de Déméter. Il revient s'asseoir près du lit, la queue de casserole dans une main, une cuillère fichée dans l'autre. Il avale une lampée de potage.

— Ça va tout de suite mieux... T'en étais à la gymnastique, sur la place du Château... J'avais les yeux fermés mais j'écoutais, l'air de rien.

— C'est là que j'ai eu mon seul accrochage avec un droit-co. Du sérieux. Il se tenait devant moi, on faisait des étirements en cadence. À un moment, au coup de sifflet, il fallait se plier en deux, toucher la pointe de ses chaussures avec le bout des doigts. En me baissant, j'entends un craquement sec. Je relève la tête pour constater que le pantalon du droit-co s'est déchiré sur vingt centimètres et qu'on lui voit le trou du cul ! J'ai pas pu me retenir de rire. Dans les secondes qui ont suivi, trois cents types en tenue de forçat se bidonnaient, tandis que les gardes s'époumonaient dans leurs sifflets pour nous remettre en ordre. Toute la marmaille de Corneville nous faisait la fête, pour une fois. Aujourd'hui, plus aucun ne se rappelle de nous. Le type s'est tourné vers moi. Il ne savait pas trop quoi faire de ses mains, me les foutre sur la gueule ou se les plaquer sur les fesses. Il a choisi de se protéger les arrières. « Espèce de pourriture de merde, tu me le paieras... » Il parlait sans remuer les lèvres, les dents serrées, ses yeux envoyaient des éclairs. Je l'ai imité : « Je vois pas de quoi tu parles... » « Ça ne m'étonne pas, tu es aussi lâche que tous ceux de ta race. » J'ai élevé la voix : « Si tu veux te battre, je suis à ta disposition, viens, c'est le moment... » Il m'a lentement toisé, de la tête aux pieds, en faisant la grimace : « Je n'ai pas envie de me salir. Les Gitans, ça vaut encore moins que les juifs. On ne se bat pas avec les vermines de ton espèce quand on a une hérédité propre. » Au pensionnat, il me poursuivait de son regard noir, et je sentais bien qu'il préparait une embuscade. Deux jours plus tard, il s'est arrangé pour surveiller notre équipe, aux blockhaus. Le hasard a voulu qu'une poutrelle nous échappe des mains à l'instant précis où il passait devant nous. Elle a filé sur la glaise, droit au but, à la vitesse d'une torpille. Il gueulait comme un âne, coincé dessous. C'était à mon tour de le mater, je m'en suis pas privé. Lorsqu'on a soulevé le longeron, sa guibolle est venue avec, embrochée dans un fer à béton. Les sous-sols du camp, dans la partie des bâtiments qui donnent rue des Processions, abritaient un petit hôpital pour les soldats en garnison à Corneville. Ils ont chargé les deux morceaux du droit-co à l'arrière d'une camionnette, et les toubibs ont essayé de n'en faire qu'un. Je ne sais pas ce que ça a donné, parce que plus personne ne l'a jamais revu.

La porte s'ouvre sur Déméter, un pétard coincé entre ses deux doigts tendus. Il fait deux pas dans la pièce, s'arrête pour bâiller.
— Vous en avez des trucs à vous raconter... Deux plombes au moins que j'attends dans la bagnole. C'est le froid qui m'a réveillé... Si tu veux pas qu'on y aille, aux huîtres, faut le dire, on remet la virée à demain...

Jésus s'apprête à lui répondre, mais le vieil homme se redresse en prenant appui sur ses deux bras.
— J'ai presque fini... On n'a pas eu souvent l'occasion de se voir tous les deux. Avale un verre d'eau-de-vie, ça te réchauffera. Emmène la bouteille, si tu veux...

Déméter prend le litre que Jésus lui tend avant de tourner les talons. Il s'immobilise sur le seuil, dégage le bouchon avec ses dents et s'emplit les synapses du parfum de la gnôle. Dans son dos, le vieux vient de remettre en route la machine à souvenirs.
— Si j'avais pas échoué au pensionnat, à cause d'un bidon de cinq litres d'essence, je me serais certainement marié avec Incarna, j'aurais pas quitté la tribu pour faire le projectionniste... Surtout, je serais pas passé entre leurs mains...

— Je ne comprends pas... Quand tu es revenu, c'était trop tard pour toi, elle avait fait sa vie ?

— Non, elle était libre, sauf que, moi, j'étais mort et que je le suis resté. Sois gentil, tire les rideaux, cette lune fait trop de lumière pour ce que j'ai encore à te dire.

Jésus se lève, agite les voilages pour faire glisser les anneaux sur la tringle. Dehors, le nez dans les étoiles, Déméter boit la fine au goulot, assis sur le capot de la Safrane.

2

Jésus et Les huîtres sauvages

— Tu y vois quelque chose, Jésus ? dit Déméter d'une voix pâteuse en essuyant l'intérieur du pare-brise d'un revers de manche.
— Pas grand-chose, mais je m'inquiète pas : avec tout ce que tu as picolé, tu vois pour deux...
Déméter brandit la bouteille qui roulait à ses pieds.
— T'es jaloux ou quoi ? Il en reste des tonnes. Enfin presque... Tes phares sont niqués ?
— Non, mais je préfère pas allumer. La lune, c'est déjà assez. Dans le coin, même les borgnes ne dorment que d'un œil... T'inquiète, je connais la route comme ma poche.
Un réflexe amène sa main droite près des touches du climatiseur à demi sorti de son logement. Il les enfonce une à une sans provoquer la moindre arrivée d'air.
— Elle est encore pas mal, cette bagnole. Un de ces quatre, il faudra que je prenne le temps

de la réparer... C'est pas sorcier quand c'est pas électronique.

La route serpente entre les talus, les haies, les prairies embrumées, traverse des villages endormis aux façades rapprochées.

Il repère l'embranchement d'Isigny au dernier moment, donne un brusque coup de volant, contre-braque. L'arrière de la voiture chasse sur le gravier avant de se remettre en ligne quand il accélère. Au milieu d'une place, des spots colorés découpent la silhouette d'un tank Sherman. Plus loin, c'est une Jeep garnie de marines en latex, équipés pour le combat. Le vent fait danser dans un arbre le mannequin d'un parachutiste pendu à ses suspentes. Le 6 juin 44 repasse en boucle, pour que les touristes débarquent.

— Qu'est-ce qu'il t'a raconté pendant tout ce temps, La Bolée ? Il avait l'air secoué quand je suis revenu dans la piaule... T'étais pas très fier, toi non plus.

Tout autour, le sable se mêle à la terre, l'herbe grasse laisse la place aux fougères, aux genêts, à la bruyère. Au loin les arcs mouvants d'écume indiquent la mer. Jésus se penche sur le côté pour approcher le bout de sa cigarette de la flamme du briquet que lui tend Déméter.

— C'est pas possible, tout ce qu'il a subi. Jusqu'à ce soir, il en avait parlé à personne, et il préfère pas que ça circule trop tant qu'il est encore en vie. T'étais au courant qu'il y avait un camp de travail en plein cœur de Corneville ?

— Non, mais je suis pas une référence, je sais rien de ce qu'ils planquent derrière leurs belles pierres. Les portes de ce bled, je les connais que dans le sens de la sortie, que ce soit l'école Delisle, le collège Buhot ou le lycée Beuglat. La seule qui ferme bien, c'est celle de la gendarmerie, rue de la Mégisserie... Ils t'apprennent à compter les jours.

Ils longent une série de granges, de hangars où s'aligne du matériel agricole, puis un mur de balles de foin noirci par les pluies. Des chiens aboient dans le lointain. Jésus coupe le contact et laisse la Safrane en roue libre, entraînée par son seul élan vers un chemin de terre. Une suspension couine à l'arrière droit à chaque creux, chaque bosse. Le silence amplifie la plainte mécanique. Il freine légèrement quand la déclivité s'accentue. Deux palmiers marquent la naissance d'une large allée plantée de marronniers qui mène à une vaste ferme assise sur des blocs d'arkose aux reflets roses. Ses pignons, alternant le schiste bleu ou gris, le grès d'Armorique, maintiennent une façade en pisé rouge. Une large bâche verte recouvre la partie du toit emportée, trois années plus tôt, par la tempête de fin de siècle. Ils rentrent la tête dans les épaules, instinctivement, lorsque la voiture longe les fenêtres alignées, se congratulent dès que la carrosserie disparaît à nouveau derrière un rideau d'ajoncs. Une centaine de mètres plus loin, les pneus s'enfoncent dans le sable, et il faut deviner où il est le plus humide, le plus tassé par la marée, pour éviter de s'enliser. Jésus tire le frein à main dès qu'ils franchissent la pointe. Il vient se garer à l'abri d'un rocher, le capot pointé sur le large. Derrière le pare-brise, la lune éclaire les parcs striés par les rangs doubles des collecteurs. Déméter pense à neutraliser le plafonnier avant d'ouvrir sa portière.

— Tu viens avec moi ou j'y vais tout seul ?
— J'ai mis deux paires de bottes dans le coffre, autant s'en servir... Tu as vu les nuages ? Il faut se magner, dans un quart d'heure maxi, on est bons pour la douche.

Ils enfilent les cuissardes devant le coffre béant, enfournent de vieux sacs postaux dans des sacs-poubelle : le jute résiste aux coupures, le plastique évite d'inonder la voiture. Ils pourraient les remplir en moins de deux en détroquant une masse d'huîtres d'une seule portion de collecteur, à la manière de ces fainéants qui alertent ainsi les ostréiculteurs. Ils s'y refusent. À l'aide d'un ciseau à bois emmanché dans un tube d'un mètre, ils détachent une douzaine d'huîtres de leur support, remontent cent mètres pour en prendre autant, passent sur une autre clayère bien que l'orage menace. Personne n'y verra rien. Dans leurs têtes, ils ne volent pas, ils prélèvent. Les sacs sont déjà lourds à manier lorsqu'une bourrasque chargée de pluie balaye l'anse. Ils les tirent derrière eux, les hissent dans la Safrane noyée sous les trombes d'eau. Déméter attrape un bloc de coquilles soudées et se dépêche de se mettre à l'abri.

— Passe-moi ton couteau. On va s'en faire quelques-unes avant de rentrer... J'ai faim, j'ai soif, et là il y a à boire et à manger.

Jésus glisse la clef dans la serrure du Neiman, met le contact.

— Vaut mieux pas rester ici. Je monte au calvaire, on sera plus tranquilles.

— Fais comme tu le sens. Avec ce qui tombe, ça m'étonnerait qu'un éleveur mette le nez dehors. Il arrive ton schlass, ou faut que je les ouvre avec les dents ?

Jésus le lui tend. Il ne voit presque rien malgré les essuie-glaces en vitesse maximale, le grain absorbe la lumière des phares. Il lui faut presque cinq minutes pour couvrir le kilomètre de mauvais chemin qui rejoint la départementale, à hauteur de la croix ornée d'une fleur de lys. Déméter s'est bloqué contre la portière pour poser les coquillages ouverts en équilibre sur le cuir du fauteuil. Privilège de l'écailler, il aspire la chair qui vient avec les couvercles, hochant la tête au rythme de la chanson de Pépa qui monte des baffles.

> *Je suis de nulle part*
> *Je n'ai pas de pays*
> *Je n'ai pas de patrie*
> *Je suis née de l'amour...*

— On en a cinq chacun, mais c'est des grosses...

Jésus fredonne les paroles.

— Tu as vu le film ?

— Non... J'ai la cassette quelque part... Mon magnétoscope déconne. Tu joues dedans, c'est ça ?

Jésus reprend son couteau pour trancher le muscle. Il incline la coquille, laisse couler le mollusque sur sa langue, inonde ses lèvres d'eau de pleine mer.

— C'est une vieille histoire. Elles sont super, les pleine-mer, ça leur donne un goût sauvage. J'ai toujours trouvé qu'elles étaient meilleures la nuit. Le top, c'est quand le soleil sort des flots, à l'horizon, t'as l'impression que personne au monde n'en a jamais mangé avant toi. Dès que ça se calme, je te raccompagne au campement. Moi, j'ai un petit boulot de prévu, pour le compte d'Antonio...

— Lequel d'Antonio ? J'en connais au moins dix...

Jésus s'applique à mâcher la bête qu'il vient de se mettre en bouche.

— Il faut bien les croquer avant de les avaler... Je sais pas si c'est la vérité, mais il paraît que si elles passent vivantes dans le tube, elles s'accrochent. Elles sont capables de tout remonter en escalade depuis l'estomac... C'est ça qui rend malade avec les fruits de mer, quand on mâche pas assez. Pour le reste, ils préviennent à l'odeur. L'Antonio dont je te parle, c'est Antonio Cuevas, mon grand-oncle chez qui on était tout à l'heure, celui que tu appelles La Bolée. Personne sait d'où lui vient ce surnom d'autant qu'il boit pas de cidre, sauf distillé.

— Et c'est quoi le boulot en question ? Parce que si tu as besoin d'un coup de main, j'ai pas spécialement envie de dormir... Tu me donnes ce que tu veux...

Il se baisse pour ramasser la bouteille, sur le tapis de sol, agite ce qui reste de gnôle, l'ingurgite en attendant que Jésus se décide.

— Je lui ai promis d'aller faire un tour à son pensionnat de jeunes filles, ce qui est devenu le collège des Frères, à côté du Merdelet. À part le gardien qui habite à l'écart sur la rue des Processions, on devrait être tranquilles, c'est les vacances scolaires. Il y a des choses qui traînaillent, paraît-il, le problème c'est que j'ignore ce que ça vaut. Je garantis rien.

— Que ce soit de l'or ou du plomb, on en fait notre affaire. Tope là, frère !

La violence de l'orage s'estompe au fur et à mesure qu'ils pénètrent dans les terres. Ils croisent quelques camions, une petite dizaine de voitures, sur les trente kilomètres de nationale qui mènent aux faubourgs endormis de Corneville. La traversée du centre se fait sans qu'ils rencontrent la moindre trace de vie. Jésus sillonne au ralenti les voies étroites bordées de bâtiments religieux, de maisons bourgeoises. Tout est bien rangé, pas un chat, pas un chien.

Rue Vertugadin, face au collège, l'entreprise chargée de l'aménagement du musée municipal a installé deux baraques de chantier devant les grilles de l'*Hôtel de Thieuville*. Déméter est d'avis de se garer entre les deux roulottes, mais Jésus n'est pas chaud. Il penche pour une autre solution.

— On est pas à l'abri d'une ronde des képis. En voyant une bagnole là où personne se met jamais, ils se douteront de quelque chose... Je les mésestime pas : leur connerie a des limites. On se pose un peu plus haut, au Viquet-d'Azur. Cent mètres à pied, c'est pas la mort. Pendant que j'y pense, laisse ton shit dans la boîte à gants.

Jésus s'apprête à effectuer un créneau avant de s'apercevoir qu'il stationne presque devant l'agence du Crédit Lyonnais. Une autre place l'attend face au chocolatier. Plus étroite, elle l'oblige à manœuvrer. Le moteur éteint, il rabat le pare-soleil, s'aide d'un peigne pour ramener ses longs cheveux vers l'arrière, coince les mèches derrière ses oreilles. Pratiquement chauve depuis l'adolescence, Déméter se contente de remettre un peu d'ordre dans sa tenue et fait briller ses santiags avec un morceau du journal local. Ils descendent la rue de l'Officialité, en se donnant l'air dégagé de voyageurs de commerce, contournent la masse imposante du collège pour se retrouver à l'arrière, près d'une maison de commerce qui menace de tomber en ruine.

— Fais-moi la courte échelle, que j'atteigne le rebord de cette fenêtre. Je vais couper par les jardins. Deux cris de chouette si tout va bien, trois s'il y a un pépin. D'accord ?

— C'est parti...

Déméter s'adosse à la pierre noircie, entrelace ses doigts en forme d'étrier pour que Jésus y pose la pointe de sa chaussure droite. L'autre bottine trouve refuge sur son épaule. Quand il se retourne, son compagnon a déjà disparu dans la tour carrée où Jésus expérimente la solidité des marches vermoulues de l'escalier à vis. Il grimpe en se tenant au plus près du mur, là où les degrés s'ajustent sur du granit taillé. Au deuxième niveau, une ouverture donne sur un verger planté de cerisiers, de pêchers, de pommiers. Deux oiseaux débusqués dans leur sommeil s'envolent sous son nez dans de grands battements d'ailes. Il agrippe une branche maîtresse, vérifie sa solidité et se laisse tomber jambes écartées pour enserrer le tronc entre ses mollets.

Une seconde après, il atterrit dans l'herbe humide. Cassé en deux, il court jusqu'à la fontaine d'où partent deux volées de marches maçonnées, descend dans la cour, l'œil aux aguets. Rien ne bouge. Il essaie, sans succès, d'ouvrir les portes des salles du rez-de-chaussée avant de remarquer la présence d'un vasistas entrebâillé. Il ne lui faut que quelques instants pour débloquer le système qui retient le cadre et dégager l'ouverture. Avant de pénétrer dans le centre de documentation du collège, Jésus porte les mains en cône devant sa bouche. Il lance deux sifflements brefs qui imitent le hululement de la chouette. Deux autres lui répondent aussitôt, comme en écho.

À l'intérieur du bâtiment, tout communique, les bureaux de l'administration, les cuisines, le réfectoire, les sanitaires. Tout au long du couloir, une exposition retrace l'histoire du lieu dont le nom, Hôtel de Ménildot de la Grille, est reproduit en lettres gothiques sur chaque panneau.

Jésus passe sans s'arrêter devant le portrait de Charles X, un roi déchu qui fit halte trois jours à Corneville, en août 1830, sur le chemin de son exil anglais. Lui succède une peinture de Sa Majesté l'impératrice Marie-Louise qui se contenta d'un déjeuner dans les mêmes murs, le 1er septembre 1813. Le premier étage est réservé aux salles de cours tandis que les dortoirs des internes occupent le dernier niveau. On a mis à jour les anciens plafonds, dégagé les solives moulurées, gratté les vieux papiers superposés, les couches de peinture, pour redonner au hall central son aspect d'antan. De grandes armoiries sculptées décorent un linteau. Il faut contourner l'escalier pour découvrir l'accès aux sous-sols, exactement comme Antonio le lui a expliqué. Le cadenas qui ferme la porte ne résiste pas longtemps à la pointe du couteau. Tandis qu'il descend les marches moussues, une odeur de champignonnière l'enveloppe. Il allume son briquet, évite des lampes pendues à une poutre. Tout le bâtiment est assis sur des bancs de calcaire dans lesquels sont taillés d'immenses caves voûtées, des celliers, des passages souterrains dont certains, remblayés, partent visiblement vers les constructions des alentours. Il y a là, entreposé dans un désordre indescriptible, tout le matériel mis au rebut depuis un demi-siècle : sommiers, tables de bois à encriers incorporés, radiateurs rouillés, chaises aux pieds tordus, tableaux gris quadrillés, cartes d'empires disparus et, accroché dans un angle, un squelette manchot aux côtes manquantes remplacées par du fil de fer.

Jésus se fige soudain, mis en alerte par un raclement venu du dessus. Il retient son souffle, comptant les battements de son sang qui bourdonne à ses oreilles. Une minute s'écoule sans que rien ne se passe. Le silence le rassure. Son pouce frotte la molette du briquet et presque immédiatement une lumière violente jaillit de dix ampoules nues fixées sur les parois.

— Je ne te connais pas, toi. Qu'est-ce que tu es venu faire ici ?

Aveuglé, il fronce les sourcils pour essayer d'apercevoir celui qui s'adresse à lui, et ne parvient à distinguer qu'un reflet bleuté sur le canon d'un fusil.

— Vous vous trompez, c'est pas ce que vous croyez... Attendez... Je vais vous expliquer... Je peux monter ?

— C'est moi qui vais venir te voir. Il n'y a rien à expliquer. Tu ne bouges pas d'où tu es, et tu mets les mains en l'air... J'ai dit les mains en l'air, tu comprends le français ?

Les yeux s'habituent. L'homme, d'une soixantaine d'années, s'est habillé à la hâte. Il a passé ses pieds nus dans des claquettes en cuir, porte un pyjama bleu recouvert d'une canadienne. Une large moustache barre son visage, et il observe l'intrus derrière de petites lunettes cerclées de fer. Il descend les marches une à une, en prenant soin de maintenir son arme en ligne.

Jésus sait ce qui lui reste à faire. Encore trois degrés et son adversaire devra se baisser pour contourner la poutre à laquelle sont accrochées des lampes-tempête. Il fixe l'œil noir du canon et se jette sur le côté quand l'obstacle oblige le gardien du collège à abandonner sa trajectoire. La cave s'emplit du fracas des tables, des chaises, des sommiers renversés. Le squelette, bousculé par la chute d'une planche, oscille des hanches. Jésus s'est plaqué le dos contre le calcaire dont le froid humide traverse le tissu de sa veste. Il glisse lentement sa main dans sa poche. Ses doigts se referment sur le manche du cran d'arrêt. Il le sort, fait jouer le mécanisme en retenant le jaillissement de la lame et le bruit qui l'accompagne. Il incline la tête, voit les ombres multiples qui se déplacent sur le sol puis l'éclat métallique du fusil, là, à trois mètres de lui. Il bloque sa respiration et surgit à la gauche du gardien, le bras en avant pour écarter la menace de l'arme, le couteau brandi pointe en l'air. Sa main ne rencontre que le vide, à dix centimètres de l'embouchure du canon. Une flamme, comme un soleil miniature... Ça ne brûle ni ne pique, Jésus a l'impression de recevoir un coup de marteau, d'être anesthésié, sonné comme après un uppercut. Le gardien, en face, sait qu'il ne disposait que d'une balle, et ignore encore s'il a fait mouche. Le pan de la veste sombre masque la tache de sang qui s'élargit sur le blanc de la chemise de Jésus qui s'avance en titubant, le regard voilé. Sa lame siffle dans l'air, se plante guidée par le hasard au creux de l'épaule du tireur, à la naissance du cou. Le gardien, blessé, s'effondre sans un cri.

Jésus enjambe le corps avec difficulté, gravit l'escalier en s'aidant des mains, des genoux. Il traverse la cour et parvient à soulever la barre qui maintient fermé le portail. À bout de forces, il tombe la face sur le trottoir de la rue Vertugadin, retrouve assez d'énergie pour s'accroupir contre le mur d'enceinte, faire une dizaine de pas, guidé par la paroi. Il s'arrête, porte ses mains maculées de sang près de ses lèvres, aspire autant d'air qu'il en est capable, souffle dans le cône, imite par trois fois l'appel de la chouette.

Déméter le découvre quelques minutes plus tard, évanoui. Il le traîne en le soulevant par les aisselles jusqu'à l'abri ménagé, près du musée, entre les deux baraques de chantier, fouille ses poches à la recherche des clefs.

— Attends-moi, je reviens tout de suite...

Déméter remonte en courant la rue de l'Officialité, se met au volant de la Safrane, la dégage de sa place trop étroite en heurtant les voitures qui l'enserrent. Jésus gémit quand il le hisse sur la banquette arrière, des filets de sang coulent à ses commissures, mélangés à l'écume de la salive. Des lumières s'allument maintenant, on ouvre des rideaux sur les fenêtres du collège. Déméter démarre en trombe, contourne la place du Viquet-d'Azur et traverse la nationale sans même prévenir d'un appel de phares pour se jeter dans la rue de la Mégisserie. L'aiguille se rapproche du chiffre cent, au compteur, lorsqu'il passe devant la façade de la gendarmerie. Un panneau indique qu'il file vers Sauxe-Bocage et l'aérodrome de Malvertus.

Derrière lui, dans son délire, Jésus danse déjà sur la *tierra de cuero*. Il y a là, autour de lui, les barbus hirsutes de Las Cigalas de Jérez, Camaron et Caco, la Caïta, Antonio Cuevas en habit de forçat, les Caravaca menaçants, Alma au regard de braise, la Japonaise andalouse qui pleure sur Tokyo, Diego à la bouche tordue, et Pépa qui chante comme si l'or coulait dans sa gorge :

> *Je suis de nulle part*
> *Je n'ai pas de pays*
> *Je n'ai pas de patrie*
> *Je suis née de l'amour.*

3

« Les Misères de l'aiguille »

De sa propre initiative, le Poulpe ne mettait que rarement les pieds dans les beaux quartiers, encore que cette partie du XVIIe arrondissement n'était pas la préférée des agents immobiliers. Le bel argent avait pris ses aises vers Levallois, la Grande-Jatte, laissant un répit aux rues coincées dans le triangle isocèle formé par les Maréchaux et les avenues de Clichy et de Saint-Ouen. En fait, il avait suivi Pedro, une fois de plus. Le vieux libertaire faisait croire à tant de naïfs qu'il combattait la rébellion franquiste dans la colonne Durruti en 1936, qu'il avait fini par être victime de sa propre légende. Il était allé jusqu'à se confectionner de faux papiers pour masquer l'évidence : il n'avait que cinq ans au moment du déclenchement de la guerre civile espagnole.

Une partie de son temps lui servait à vampiriser les douze années qui manquaient à sa biographie. Un de ses amis, un Russe sans accent attelé à la confection d'un *Atlas de la révolte parisienne*, soutenait que la rue Nollet méritait d'être élevée au rang de boulevard de l'Anarchie, eu égard à son passé. Pour vaincre le scepticisme des utopistes réalistes qui ne juraient que par Bastille ou Belleville, il avait organisé une visite historique du secteur. On était partis à une vingtaine du bas de la rue Nollet et, tout de suite, les mânes des compagnons avaient été appelées à la rescousse : au 12, habitait Pierre Quillard, défenseur des Arméniens de Turquie, des juifs de Roumanie, au 20, Bernard Lazare qui se leva le premier pour le capitaine Dreyfus, au 45, Jules Bonnot qui louchait de sa fenêtre sur la Société Générale de la proche rue Ordener, au 70, Charles Ridel, volontaire attesté dans la fameuse colonne de Barcelone et qui, après dix vies sous autant d'identités, se suicida un 20 novembre, jour anniversaire de la mort de Durruti. Après un crochet par la rue de Saussures où fut arrêté le leader des Panthères des Batignolles, le parcours s'était achevé au *Sylvain*, une brasserie de la rue Pouchet qui avait mis une salle à leur disposition. On a bu un communard en apéritif, avant de se partager une paella.

Après le café, rideaux tirés, la pièce s'est transformée en ciné-club. Des silhouettes en noir et blanc, muettes, animent l'écran vidéo qui sert d'habitude aux séances de karaoké. Un historien, qui s'est présenté par son seul prénom, Tanguy, commente les images.

— Ce film de 1914 vient d'être retrouvé par miracle. Il évoque la Commune de Paris, et a été réalisé par Le Cinéma du Peuple, la première coopérative cinématographique ouvrière qui a été créée à deux pas d'ici, au 67 de la rue Pouchet, par Armand Guerra...

Le Poulpe s'éclipse avant la deuxième projection, *Les Misères de l'aiguille*, une œuvre militante dédiée aux combats des syndicalistes de la fédération de l'habillement. Pedro se faufile discrètement dans son sillage et le suit jusqu'au *Bar du Berzélius* dont la deuxième terrasse donne sur les rails rouillés de la Petite Ceinture.

— Comment ça se fait que tu n'es pas resté ? Tu ne t'intéresses pas aux luttes des prolétaires du dé à coudre ?

— Pas des masses... À mon avis, ce n'était pas *Racket dans la couture* d'Aldrich. Tu sais, la révolution ça ne passe pas par l'objectif. C'est dans les têtes ou bien c'est nulle part. Le film sur la Commune ne valait pas tripette, mais on est touché au cœur quand on voit les trois seuls survivants inscrits dans la pellicule, quarante-cinq ans plus tard, sur les lieux des combats, juste avant l'assassinat de Jaurès. Ils avaient de sacrées gueules, Camélinat, Allemane et cette Nathalie Lemel... Rien que cette image sauve le tout. Sinon, la paella était excellente, tu peux en convenir. Je t'ai traîné là pour que tu entendes parler de mon pote Charles Ridel, celui qui s'est suicidé. Il n'a pas fait le coup de feu qu'avec Durutti : en 44, il s'est engagé dans la division blindée de Leclerc pour ne pas rester sur une défaite. Il a écrit un bouquin que j'ai quelque part dans mon bordel sur la péniche. Fais-moi penser à le sortir... Et toi, Gabriel, pourquoi tu as filé ?

Le Poulpe vide son demi de Vega, une bière belge qui se faisait rare sur les zincs.

— Ce n'est pas pareil, j'ai peur des piqûres d'aiguille. Merci pour cette matinée. Pour un dimanche, c'était vraiment bien. Je fais un crochet par Villeneuve-la-Garenne avant la fin du mois. Je te le promets. Et comme disait Jean-Marie Messier, chose promise...

Pedro joint sa voix à la sienne pour conclure :
— Chomdu !

Pour la première fois depuis une semaine, il ne pleuvait pas. Gabriel se décide à suivre les voies abandonnées du chemin de fer de la Petite Ceinture jusqu'à Clignancourt, s'amusant à repérer les vestiges du système d'aération, les conduits de fumée par où s'échappaient les panaches des locomotives, les escarbilles, jadis dans la traversée des tunnels. La foule avide des week-ends vient remplir ses cabas dans le lacis des rues de Saint-Ouen, et il doit jouer des coudes pour atteindre, à contre-courant, le quai du métro. Pendant le trajet jusqu'à Châtelet, personne ne s'approche pour lui demander l'aumône d'un euro ou d'une cigarette. Pas la moindre sollicitation non plus dans les couloirs étirés vers sa correspondance. L'épreuve de la solidarité l'attend dans le wagon de la ligne Vincennes-Neuilly qui file vers Bastille, sous la forme d'un clone de Bobby Lapointe dont un toubib raélien n'aurait conservé que les chromosomes dépressifs. Un accord approximatif, un filet de voix éraillé, un regard de chien battu.

> *Au début, j'savais pas qui t'étais,*
> *En un r'gard, j'ai vu qu'j'avais l'ticket,*
> *Et maint'nant sur ce quai, faut s'quitter.*
> *Aujourd'hui, j'vais tiquer, sans ticket...*

Le Poulpe, en descendant de la rame, glisse quelques pièces jaunes dans la rosace de la guitare en pensant, pour se racheter de sa générosité, que c'est toujours ça que Bernadette n'aura pas. Il escalade les marches de la station sur la pointe des pieds, en danseuse, entraîné vers les hauteurs par les notes de *Ta Katie t'a quitté*. Maria vient tout juste de desservir la table des derniers clients quand Gabriel pousse la porte du *Pied de Porc à la Sainte-Scolasse*. Il l'embrasse au milieu du front, se baisse pour une caresse sur le poil de Léon et prend place devant le comptoir, au sommet d'un tabouret haut, face à Gérard qui essuie les verres. La recette a dû correspondre à ses espérances car il affiche sa tête des bons jours.

— Salut Gaby... Personne ne t'a vu ce matin. Cheryl est passée en coup de vent, pour l'apéro. Avec les fêtes, elle a beaucoup de boulot. N'empêche qu'elle s'inquiète...

— Tire-moi une gueuze. J'étais avec Pedro, on briquait des plaques de rue au Miror.

— Ça me paraît raisonnable...

Gérard sait qu'il n'en obtiendra pas davantage. Il arrête de torturer son torchon et se saisit de l'édition du *Parisien* de la veille posée près du présentoir à œufs durs.

— Ils ne savent plus quoi inventer... Jette un œil, j'ai encadré l'article au stylo.

Le Poulpe passe rapidement sur les malheurs du Paris-Saint-Germain, le hit-parade des foies gras de supermarchés, la déclaration d'amour d'un ancien situationniste au ministre de l'Intérieur, les résultats du micro-trottoir sur « le retour des poils ». La surprise du chef se trouve à gauche, en regard de la première page du cahier « Capitale ».

« CHIENS DE CHASSE EN LIGNE... La société finlandaise Belafon commercialise depuis six mois un téléphone portable destiné aux chiens de chasse. L'appareil permet aux maîtres de les repérer et de communiquer sur de grandes distances. Le chasseur peut parler discrètement à son chien, lui donner des ordres à plusieurs centaines de mètres sans effaroucher le gibier. L'appareil, vendu 1200 euros, ne possède pas de clavier, pour éviter que, par maladresse, le chien compose un numéro. Chaque appel est facturé au prix d'une communication normale. »

— Ce n'est pas con comme idée. Je crois que je vais en commander un pour Léon... Qu'est-ce que tu en penses ?

Le Poulpe repose le journal sur le zinc.

— Pas grand-chose... Il faut maintenant attendre que les écolos protestent. Je te parie que dans un souci d'équilibre naturel, ils vont demander qu'on équipe les palombes et les ortolans ! N'oublie pas de mettre la bière sur ma note. Je fais un saut au salon de coiffure, prendre un shampoing par la patronne...

Gérard le rattrape alors qu'il a posé la main sur la poignée.

— Un mec est passé en coup de vent, hier soir quand j'allais fermer. Il m'a remis cette lettre à ton intention. Il aurait aimé te parler, sauf qu'il était drôlement pressé.

Gabriel observe l'enveloppe sur laquelle n'apparaît aucune inscription. Il décolle la languette du bout de l'ongle, fait glisser une carte où sont griffonnés quelques mots, les lit plusieurs fois.

— Il ressemblait à quoi, ton gus ?

— Costard noir, santiags, chauve, avec une moustache épaisse. La quarantaine abîmée... J'ai cru que c'était un Turc mais il s'exprimait sans accent... Du sud, en tout cas. Dans son sillage, ça puait le shit à plein nez. Du marocain...

— Il était seul ?

— Dans le resto, oui... Un type plus vieux, avec des cheveux blancs à la Einstein, l'attendait au volant d'une Safrane garée là, sur le trottoir, moteur allumé. Ils sont repartis dans la seconde où il est sorti, vers Bastille. C'est grave comme nouvelle ?

Le Poulpe lui tend le message sur lequel il peut lire : « *Jésus est mort. Enterrement lundi 30 décembre, en fin de matinée, cimetière de Corneville.* » Gérard ne peut s'empêcher de plaisanter avant de réaliser, en regardant Gabriel, qu'il est à côté de la plaque.

— Né le 25, enterré le 30, pas de pot le petit Jésus... Oh, excuse-moi... C'est un de tes potes ? Je ne pouvais pas savoir, tu ne m'en as jamais parlé...

Gabriel range l'enveloppe dans sa poche.

— Même à moi, je ne me dis pas tout, connard... On a tourné ensemble il y a deux ans, dans la région de Séville, en Andalousie...

— Tu vois bien que tu nous caches tout, le Poulpe... Tu joues les vedettes dans un film sans que personne soit au courant ! J'ai du mal à t'imaginer dans la peau d'un comédien...

— Figurant seulement. Je dis trois mots... Jésus Cuevas, lui, il avait un rôle, et ça se voit sur l'écran.

Il n'a aucune envie de dissiper sa peine en se prenant le bec avec Cheryl qui ignore tout, elle aussi, de son escapade andalouse. L'aveu viendra en son temps.

Une piaule de la pension *Val Dagne*, une maison bourgeoise cachée en fond de passage sur le faubourg Saint-Antoine, l'accueille pour la nuit. Elle est tenue par un ancien apiculteur qui passe la majeure partie de son temps à discuter philosophie avec les rabbins, les imams et tous les curés de passage attirés par la qualité exceptionnelle de l'encens que fabrique un artisan établi dans la même cour. Entre deux visites, il se plonge dans les livres qui tapissent la salle commune, s'entassent le long des plinthes, dans les escaliers, envahissent les chambres des clients. Gabriel l'a surnommé La Doxa. C'est le mot qui revient le plus souvent dans sa bouche : il arrive même à le placer dans la conversation en faisant la note, au petit matin.

Il pleut, le périphérique est fermé pour travaux, la jauge baigne dans le rouge et la station-service sur laquelle il comptait, en bas de la tour Daewoo, à la Villette, n'a pas encore ouvert. Il attend un quart d'heure sous les platanes, suit des yeux une fille des Maréchaux qui emmène un client de bout de nuit vers sa camionnette. Le lecteur avale le disque qu'il présente devant la fente. Il sait que la voix de Rona Hartner va l'accompagner tout au long du chemin. Il se souvient de ce que lui disait le cinéaste avant une prise, dans un patelin au nom perdu, accablé de soleil, près de Séville : « C'est plein de fausses notes, c'est joué avec des instruments bricolés avec n'importe quoi, ça part dans tous les sens... Pourtant, c'est beau. Tout simplement parce que c'est une musique qui crie la peur et la douleur d'un peuple. » Une musique pour le repos de l'âme de Jésus, en boucle pendant quatre cents kilomètres. Il joue dessus, Jésus. Son âme en lambeaux plane sur le paysage. Un hasard si le morceau s'appelle *Disparaîtra*...

4

Le cercueil de La Bolée

Comme il n'y avait rien d'autre comme indication que le *« cimetière en fin de matinée »*, sur la carte déposée au *Sainte-Scolasse*, Gabriel arrive un peu avant dix heures à destination. Il s'arrête devant *La Fauvette*, dans une partie du centre-ville reconstruite au cordeau. La tasse de café qu'il avait en tête depuis deux heures ne résiste pas à la vue de la plaque émaillée publicitaire placée au-dessus du percolateur : « La Trinquette Première, blanche artisanale de Corneville ». Le patron lui explique qu'elle est légèrement aromatisée au calvados, mais qu'on peut en boire trois sans affoler les éthylotests. Pareil pour la blonde ou la rousse. La brune est plus méchante pour les points roses, qui titre trois degrés supplémentaires : il faut se contenter de deux demis. Tout en faisant connaissance avec les spécialités locales, il demande où se niche le cimetière.

— C'est pas difficile : pour y aller, on ne sort

pas des guerres : vous êtes division Leclerc, vous poussez jusqu'au boulevard de Verdun, puis vous bifurquez à droite dans la rue du 8-Mai-1945... Si vous venez pour l'ancien curé, l'abbé Thumières, vous allez être en retard. La messe a commencé tôt. Le cortège est parti de l'église, il y a une demi-heure... J'y serais bien allé, mais j'ai envoyé ma femme... C'est ça le commerce, on ne fait pas ce qu'on veut.

Gabriel finit son verre et pose un billet de cinq euros près du carton.

— Je ne connais pas votre curé, ça devait être quelqu'un de bien... Je suis là pour enterrer un copain qui habitait dans le coin. Jésus Cuevas, il était musicien...

Le visage du patron de *La Fauvette* change d'expression à l'énoncé du nom du mort que son client vient honorer. Le temps des amabilités est révolu. C'est tout juste s'il ne lui lance pas la monnaie à la gueule. Ça rebondit sur le comptoir, roule, se stabilise à deux doigts du bord. Le Poulpe la ramasse, impassible. Il prélève deux minuscules pièces cuivrées d'un centime, les jette dans la sciure.

— Service...

Une interminable chenille noire sort du cimetière quand il se gare, marée de religieuses en cornette, de prêtres en soutane, d'ouailles en pleurs, d'enfants de chœur revêtus de leurs aubes, de goupillons et de bannières. On se croirait à Saint-Nicolas-du-Chardonnet. Il s'approche d'un fossoyeur qui s'essuie les yeux d'un revers de manche.

— Vous pouvez me dire à quelle heure on enterre mon ami Cuevas ?

La réponse le désarçonne, par sa brièveté.

— Lequel de Cuevas ?

Il se demande un instant s'il n'a pas bu de la brune.

— Comment ça lequel ? On ne met pas la famille dans le trou d'un seul coup...

— Non, pas la tribu au grand complet, mais il y en a tout de même deux, de Cuevas, au programme, ce matin. Le premier c'est Jésus, que personne ne regrettera, et ensuite le vieil Antonio qui tenait la baraque-ciné où on est tous passés, ceux de ma génération, quand on était mômes... Il aura du monde, lui aussi, mais pas autant que l'abbé...

Le Poulpe se fait la réflexion que le cantonnier parle de l'affluence aux inhumations comme s'il s'agissait d'un concert d'un des clones de « Star Academy », sauf qu'ici la vedette donne tout ce qu'elle a, d'un coup, et s'interdit les fausses sorties. Le temps de fumer une cigarette, les fidèles de l'abbé Thumières se sont dispersés, leurs voitures remplacées par de grosses cylindrées équipées de la boule de tractage... Il les regarde un à un quand ils descendent, sans trop insister, mais ne reconnaît pas les deux émissaires venus déposer la lettre chez Gérard. Pas de chauve moustachu en santiags, ni de professeur Nimbus sous les parapluies qui éclosent d'un coup sous l'averse. Les femmes se sont rassemblées près de l'entrée. Sur leurs épaules, un châle de deuil masque la profusion des couleurs des corsages et des jupes. Les enfants ont le regard étonné de ceux qui comprennent sans encore tout savoir. Gabriel jette son clope dans une flaque, remonte son col, alors que les deux corbillards s'avancent dans l'allée. Il s'attendait à des pleurs, de la musique alors que la cérémonie semble frappée de stupeur. Les larmes sont noyées sous l'orage, et seul le bruit des pas sur le gravier accompagne les pensées. On se rassemble dans un carré où les tombes sont gravées aux noms de Cuevas, Hémenter, Démétrios, Hoffmann, Reinhardt ou Battistuta. Les deux cercueils recouverts de fleurs sont placés côte à côte, sur des tréteaux et le prêtre mêle, dans son témoignage, le souvenir du grand-oncle et de son petit-neveu. Le Poulpe se place en bout de file, pour présenter ses condoléances aux parents de Jésus. Il y a là, visiblement, quelques habitants de la petite ville, dont certains assistaient juste avant aux obsèques de leur curé. Il embrasse la mère, Casilda, et retient la main du père dans la sienne.

— Je connaissais votre fils, Jésus. Grâce à la musique. Je m'appelle Gabriel Lecouvreur. On m'a fait prévenir par une lettre, au restaurant d'un ami...

— Mon nom, c'est Andres... Merci d'avoir fait le voyage. C'est moi qui les ai envoyés... Il m'a souvent parlé de toi. C'est pas comme ça qu'on voyait la cérémonie. On ne peut pas faire les choses normalement, je veux dire à notre manière, à cause des circonstances... Les gens d'ici ne comprendraient pas. Restez. Vous êtes le bienvenu pour le repas...

— Ça se passe où ?

Il tourne la tête vers la rue.

—J'ai de la place dans ma voiture. Je t'emmène.

Dans la Mercedes de tête, Casilda lui fait l'honneur de céder son fauteuil, à l'avant. La place du mort. Elle s'installe sur la banquette arrière entre les deux sœurs de Jésus, Pilar et Dolorès, qui ont laissé maris et enfants pour l'entourer. Ils filent vers la nationale, suivis par tout un cortège, passent devant *La Fauvette* dont les clients sortent sur le trottoir pour regarder le spectacle, puis prennent la route de l'aérodrome jusqu'au calvaire de Sauxe-Bocage. Après, il faut faire confiance au chauffeur qui guide la lourde berline le long des haies vives, sur les chemins encaissés, contourne les fermes par la voie des tracteurs.

Le campement, une quarantaine de caravanes, occupe un plateau légèrement boisé, au-dessus d'un terrain marécageux, à proximité du hameau des Graelles. De grandes bâches attachées aux toits des caravanes, aux arbres, abritent des chaises et des tables chargées de vaisselle. Un groupe de jeunes filles aide deux anciens en chemise blanche, chapeau relevé sur le front, à poser des grils chargés de viande sur les braises. Les trois femmes descendent, mais quand Gabriel veut faire de même, Andres le retient par le bras. Trois hommes les remplacent aussitôt à l'arrière.

— On n'en a pas tout à fait terminé avec nos morts. Je sais qu'on peut te faire confiance. Eux, c'est les frères Dounaru, des Roumains qui zonaient dans le coin. Ils ne parlent pas un mot de français, seulement un peu d'anglais si tu vois ce que je veux dire...

— Qu'est-ce qui est arrivé exactement à Jésus ? Je débarque et j'ai l'impression de marcher sur des sables mouvants...

Pour toute réponse, Andres enclenche la marche arrière, exécute un demi-tour impeccable avant de s'engager dans le sentier qui mène au point d'eau. Une dizaine de voitures se placent dans son sillage, rejointes par une fourgonnette embusquée à quelques mètres de là. Les roues s'enfoncent, patinent, dans une terre argileuse. Tout au long du voyage, la moindre tentative de prendre de la vitesse se traduit par des embardées qui jettent les passagers contre les portières.

— On arrive.

Andres pointe le doigt sur les vestiges d'un four à briques et à tuiles autour desquels le convoi vient se ranger. Seule la camionnette poursuit sa route au ralenti vers un boqueteau. Son approche provoque l'envol criard d'un couple de pies. Près des carrosseries, à l'exception de Gabriel, les hommes sont tous en costume noir, un chapeau vissé sur la tête. Plusieurs tiennent des instruments de musique. Des notes désaccordées résonnent dans la campagne humide. Elles s'organisent peu à peu en mélodie tandis que l'armée de Blues Brothers marche en direction de la fourgonnette arrêtée près d'un monticule de terre jaune où sont plantée deux pelles. Gabriel remarque la présence d'une vieille femme vêtue de noir elle aussi, au milieu du groupe. Le conducteur a ouvert les portes, à l'arrière, et l'on voit briller le vernis d'un cercueil. Gabriel se tourne vers Andres.

— Ce n'est pas possible, il y en a un troisième...

— Non, c'est le même. Au cimetière, on a enterré mon fils, Jésus. Pas Antonio. C'était du sable, à l'intérieur. Il nous avait fait jurer qu'on l'emmènerait ici, dans son paradis...

Les trois Roumains ont posé leur voix sur un air de Bratsch, *Boubasko prasniko*, que dessinent l'accordéon, le violon et les guitares :

> *Nas tchi mulo tchi jouvindo...*
> *Vo ka manguelas ferdi travo...*

Andres joint son chant au leur. Les quatre plus jeunes hommes de l'assistance saisissent les poignées du cercueil qu'ils font glisser dans la fosse, à l'aide de cordes.

— Je ne suis pas habitué aux mots, tu le sais, Antonio, toi qui les connaissais si bien. Il y en a certains, pourtant, qui ont une telle importance que, si on ne les respecte pas, c'est toute sa propre vie qui ne vaut plus rien. L'un de ces mots, c'est « promesse ». Il fait équipe avec « tenir ». On ne se voyait pas beaucoup, ces dernières années. C'est pas qu'on ne s'aimait pas, on était trop différents, voilà tout. L'une des dernières fois, c'était pour le baptême de Lucia, la petite-fille de Déméter. Ce jour-là, à la sortie de l'église tu m'as fait promettre que si tu partais, tu voulais que ta seule adresse, dans ce monde, ce soit ici, à la *tierra de cuero*, la terre qui nous a été volée et où repose notre grand-père, Manuel Cuevas le hongroyeur. Nous tous qui sommes ici, nous avons saisi la main que tu nous tendais, Antonio. Tu es arrivé au bout du chemin. *Aye o nevo djes avilo, achadilam te rovas*[1].

Le retour au campement se fait en silence. À table, on installe Gabriel entre Andres et Casilda. En face de lui, se tient la vieille femme qu'on lui présente comme étant Incarna. Elle ne prononcera pas un mot du repas. Le Poulpe se penche vers le père de Jésus.

— J'ai vraiment besoin de savoir pourquoi ils sont morts tous les deux...

Ils font tinter les verres, les vident de leur vin.

— L'oncle Antonio était malade depuis un bout de temps. Un cancer. Il s'est laissé partir après avoir appris que Jésus s'était pris une balle de fusil dans le foie. Il n'avait pas d'enfant, et il a signé un papier où il disait que tout ce qu'il possédait, sa maison, ses affaires, appartiendraient à Jésus, son petit-neveu. Ils ont gardé le corps de mon fils pendant quatre jours, pour l'autopsie, c'est ce qui fait qu'on les a accompagnés ensemble au cimetière.

— Il a été tué ? C'est pas possible, je n'ai jamais rencontré de type aussi tranquille. Il

---

1. Un nouveau jour est arrivé, nous avons cessé de pleurer...

s'énervait seulement quand il ne réussissait pas à placer ses doigts, pour un accord. C'est quoi, un accident ?

Deux jeunes femmes leur présentent un plat chargé de grillades.

— À moitié... Il s'est fait tirer dessus à trois heures du matin par le gardien de l'école catholique de la rue Vertugadin, à Corneville. Dans les caves. On n'a pas encore bien compris comment ça s'est déroulé. Ils se sont battus. Jésus l'a blessé d'un coup de couteau à l'épaule, l'autre avait une arme à feu... Notre fils a eu assez de forces pour reprendre sa voiture et venir mourir ici, dans les bras de sa mère...

— Qu'est-ce qu'il fabriquait dans les caves d'une école à trois heures du matin ? Il était seul ?

Andres repousse son assiette, incapable de rien avaler.

— Oui, il était seul... Personne ne sait ce qu'il est allé faire. Il gagnait de quoi vivre normalement avec sa musique, et quand il venait passer quelques jours ici, la seule chose un peu limite qu'il s'autorisait, c'était d'aller ramasser un sac d'huîtres sauvages dans les parcs d'Isigny ou de Grandcamp. D'ailleurs, il en revenait quand il a été tué. Son coffre en était plein.

— Et les deux personnes qui ont apporté l'enveloppe à mon ami, pour me prévenir ? Je ne les vois toujours pas... Un vieux aux cheveux blancs et un chauve moustachu...

— Tu les as rencontrés ?

— Non.

— Alors, tu dois te tromper, ceux que je t'ai envoyés ne ressemblaient pas à ça...

Le Poulpe se souvient bien de la description de la scène par Gérard, de la Safrane garée sur le trottoir, du passage éclair du chauve en santiags dans la salle de restaurant, de l'Einstein chevelu qui attendait au volant... Quel intérêt Andres a-t-il de mentir sur un détail aussi insignifiant ? Il réfléchit tout en séparant la chair de mouton grillée de l'os de la côtelette, le nez pointé vers son assiette. Quand il le relève, son regard croise celui d'Alma. À l'intérieur, ça fait comme des étincelles.

5

Je suis de nulle part

Il veut la rejoindre, lui parler. Les yeux s'écarquillent, les sourcils se froncent, les cils battent pour signifier que ce n'est pas le moment, qu'autour d'elle certains ne sont pas aussi accueillants au *gadjo* que le père du disparu. D'un balancement de tête imperceptible, le Poulpe accepte le message.

Alma porte un jean qu'emplissent ses « hanches parenthèses », l'expression l'avait fait rire à Séville, une tunique indienne ouverte sur un pull noir ne laisse rien ignorer d'autres courbes. Il revoit la scène de la sardinade, les deux jours de tournage fiévreux, la mise au point minutieuse de cette fête donnée par Caco pour se perdre en flamenco devant les vagues, l'eau et le feu, et oublier la mort de sa fille, Pépa. À l'écran, aucun sentiment ne semble joué, c'est impitoyable comme un documentaire sur la douleur de l'absence. Sur sa langue, la viande prend le goût du poisson, le vent porte des odeurs marines. C'est un de ces jours-là que le metteur en scène avait fait venir Las Cigalas de Jérez, un chœur de femmes et des guitaristes exceptionnels, les mains pleines de bagouzes, auxquels Jésus s'était uni. Un rêve, au plus près du mystère, comme d'être à la table de la Caïta dans la scène du duel musical avec un groupe de militaires. On ne le remarque pas à l'écran, il faut être au courant, savoir qu'il s'était laissé pousser la barbe pendant une semaine, et qu'il cachait son regard d'enfant heureux derrière des lunettes noires. Gabriel est là lui aussi, près de la cabine du camion, derrière les danseuses et les manches des guitares levés vers elles comme des armes désirantes. Alma devait grimper sur le plateau du camion qui servait de piste de danse. Il l'avait aidée à monter et, comme aujourd'hui, leurs regards s'étaient accordés. Puis il n'y avait plus eu que ses hanches qui ondulaient dans le cadre. Il était allé voir Jésus, dès la fin de la prise.

— La brune en jean, j'ai remarqué que vous étiez proches... Ça pose un problème si je la serre d'un peu près ?

— Pas un : des millions... Alma, c'est de la lave en fusion. C'est une cousine éloignée. Elle est mariée à mon meilleur ami, Déméter. Il en était fou avant de l'avoir, après c'était pire : elle l'a rendu dingue. On est tous les deux du même bled, dans le Cotentin, on a été élevés ensemble.

J'ai eu beau le prévenir... Ils ont presque vingt ans de différence. Toute petite, elle tirait déjà les ficelles du monde, elle est née en sachant comment on tient les mecs. Leur mariage a duré six mois, après cinq années de fiançailles silencieuses. Ils vivent chacun de leur côté sauf qu'elle et lui, c'est le cœur et le sang... Il le rejette sans cesse, mais il a besoin de lui pour continuer à battre...

L'après-midi se déroule à écouter les plaintes des instruments, à alimenter le feu et les conversations. Alors que le jour décline, le Poulpe se lève. Il marche vers le rideau d'arbres pour se détendre, une cigarette aux lèvres. Il s'arrête en passant devant une caravane quand il entend son nom prononcé à voix basse. Alma est debout, sous un auvent, dissimulée aux regards par des draps qu'on a étendus en profitant des quelques heures de répit accordées par le ciel. Il jette sa clope. Elle lui tend la main lorsqu'il s'apprête à approcher les lèvres de sa joue, mais elle ne résiste pas au prolongement de son geste. Il ferme les yeux, s'attarde une fraction de seconde dans le parfum de sa peau, le frôlement de ses cheveux noirs, l'onde de chaleur de son corps. C'est Alma qui prononce les premiers mots.

— J'ai perdu mon calepin avec toutes mes adresses, après le film... Quand Andres m'a demandé la tienne, je me suis souvenu du nom du restaurant de Bastille... C'est bien pour Jésus que tu sois venu.

— J'espérais aussi que j'allais te revoir... Pas une heure sans que je pense à toi, même pour essayer de t'oublier...

Elle tend la main, pose ses doigts sur la bouche de Gabriel.

— Tais-toi, je t'en supplie... C'est souvent comme ça sur les tournages... Un film, c'est une île hors du temps. On a l'impression de vivre à l'extérieur du monde. Pour que la tristesse de Caco apparaisse immense au spectateur, on nous demandait d'être le plus heureux possible autour de lui, de faire la fête, de rire, de mettre notre corps en avant. J'avais besoin d'être amoureuse dans la vie pour que ça se voie sur la pellicule. C'est grâce à toi, à notre rencontre que je suis aussi bien, aussi juste que les critiques l'ont écrit. Nous deux, c'était vraiment vrai en Andalousie cette semaine-là. Dans l'île de *Vengo*... Aujourd'hui je t'aime bien, mais c'est tout. Faut pas m'en vouloir. Tu repars ce soir pour Paris ?

Il est à deux doigts de lui dire qu'il ne lui en veut pas, qu'il la veut, tout simplement.

— C'est ce que j'avais prévu... En fait, je ne me sens pas trop d'attaque pour reprendre la route : j'ai picolé pas mal de vin et je ne suis pas habitué à ce carburant. Je vais prendre une piaule à Corneville pour être en forme demain matin. Sinon, tu sais ce qu'il fabriquait, Jésus, dans les caves de l'école des curés ?

Alma baisse les yeux pour répondre.

— Non... Personne n'a d'explications.

— Et la police, ils ont une piste ?

Elle relève la tête.

— Les gendarmes sont venus ici le lendemain avec des renforts arrivés en urgence de Cherbourg, le secteur était bouclé par des hommes en armes, mitraillette en bandoulière. Ils ont perquisitionné dans toutes les caravanes, les voitures, ils ont fouillé les poubelles, la décharge... Ils sont repartis les mains vides. Selon les dernières nouvelles de radio rom, ils en seraient toujours au même point.

— C'est quoi, radio rom ?

— Tu me déçois... Pareil que le téléphone arabe...

Elle le repousse vers le chemin avant de disparaître dans le labyrinthe mouvant du linge humide.

Andres n'est guère plus vaillant que lui. Il trouve la force de le mettre en rapport avec un gamin de vingt ans dont la moto file bientôt vers le bourg. Ils se séparent près du cimetière, puis Gabriel amène sa voiture devant la façade fleurie de l'*Hôtel des Louves*. Il prend conscience en traversant les rues illuminées qu'on est à la veille des réjouissances obligatoires du nouvel an. La réception croule sous les guirlandes, les boules, les barbus à hotte, les troupeaux de rennes et tous les animaux rescapés de la crèche de Noël. Un sourire illumine aussi le visage de la patronne quand elle l'avertit qu'exceptionnellement, le dîner n'est servi que jusqu'à dix heures.

— Demain soir, par contre, c'est parti pour la nuit.

— Si je suis encore là, je vous aiderai à finir les plats...

Il range sa voiture dans la cour intérieure, devant la tour ronde d'escalier. Il monte prendre une douche, se change. Sa mauvaise conscience le pousse à téléphoner à Cheryl, mais il n'est pas mécontent que le répondeur soit en embuscade. À table, il commande une rousse d'Alauna puis un plateau d'huîtres de Saint-Vaast, des bouquets, des amandes, des étrilles qu'on lui promet pleines. Le temps que l'écailler joue du couteau, le Poulpe se lève pour regarder les photos, les agrandissements de cartes postales accrochés aux murs. Un attelage stationne devant la « *Maison de premier ordre, voitures de luxe et à volonté, chevaux de renfort* » sur un cliché sépia du début du vingtième siècle, une recette médicinale écrite à la plume court sur une autre vue de l'établissement : « *Alcool de bergamote : 80 grammes ; huile de ricin : 40 grammes ; can-*

nelle de Ceylan : 10 grammes ; naphtol : 8 grammes »... Il s'attarde devant *la « Salle de fêtes et de spectacles »* lorsque le serveur revient avec la bouteille de bière qu'il décapsule. Gabriel vient s'asseoir, déplie sa serviette.

— On sent le poids de l'Histoire...

— Oui, c'est un ancien manoir du XVIIᵉ siècle. La salle que vous regardiez a accueilli la première projection de cinéma des frères Lumière, pour toute la Normandie, en 1897...

L'évocation des inventeurs lyonnais fait renaître le souvenir de Zil, son pote fouille-merde d'entre Saône et Rhône, qui ne craignait pas de rappeler que les deux gloires avaient des faiblesses pour MM. Hitler et Mussolini, qu'ils émargeaient au Parti populaire français du brun-rouge Jacques Doriot. Cinéphile radical, Zil le faisait en ces termes : « Si on les avait laissés faire, les frangins, leur train, au lieu d'arriver en gare de La Ciotat, serait parti direct pour Auschwitz... ». Il en avait autant au service de Berliet, ce qui ne lui valait pas que des applaudissements dans la capitale des Gaules et du négationnisme universitaire.

— J'ai vu le portrait de Barbey d'Aurevilly, il tenait table ouverte ici... Pourquoi vous me parlez des frères Lumière et pas de lui, le gastronome diabolique ?

Le maître d'hôtel prend le temps de disposer

les pinces, les piques, les fourchettes, la sauce au vinaigre de cidre et à l'échalote, le beurre demi-sel, les tartines de pain de seigle.

— Les bouquins, ce n'est pas mon fort. J'étais à l'enterrement du vieil Antonio, ce matin. Il a tenu une salle de projection dans une baraque de Corneville pendant une vingtaine d'années, après guerre. On était en très bons termes, même s'il faisait de la concurrence au Moderne, le cinéma que mes parents avaient installé dans les dépendances de l'hôtel... C'était un ami à vous, si je ne suis pas indiscret...

Gabriel ne commet pas l'erreur de revendiquer, comme le matin au zinc de *La Fauvette*, son amitié avec Jésus. Il l'élargit à la famille.

— Je connais les Cuevas depuis un bon bout de temps, ceux du cinoche, les musiciens... Je suis un peu dans la partie, je joue moi aussi. Vous savez pourquoi il n'a pas continué ?

— Si ça n'avait tenu qu'à lui, je pense qu'il aurait fait ce métier jusqu'au bout... Beaucoup de gens de passage ne se rendent pas compte que tout le centre de Corneville a été rasé par trois jours de bombardements, en juin 44. Des milliers de tonnes d'obus. On en retrouve encore quand on retourne les jardins... L'église Saint-Malo était réduite à un tas de pierre de dix mètres de haut. La ville a été reconstruite dans les années 1950, plutôt bien. Entre-temps, les gens ont habité dans les ruines, dans des roulottes, ou dans les dizaines de maisons en bois, montées en vitesse place du Château. Antonio a récupéré un projecteur américain, la filière pour se procurer des bobines, et il organisait des séances le soir, dans une baraque qui servait de cantine pendant la journée. Il avait eu une idée de génie : il offrait un verre de cidre à l'entracte, inclus dans le prix du billet. Dès le lendemain, tout le monde l'appelait La Bolée. Je pourrais en raconter jusqu'au réveillon... Je vous apporte les huîtres, elles doivent être prêtes...

D'autres clients s'installent tandis que Gabriel se débat avec ses coquillages. L'occasion de renouer le dialogue, de dériver peut-être sur l'histoire de Jésus, ne se présente plus de la soirée.

Le lendemain matin, le vent est de la partie. Le Poulpe déjeune en feuilletant les exemplaires de la collection presque complète de la semaine précédente du journal local. *La Presse de la Manche* a consacré trois articles importants à l'affaire de la rue Vertugadin. Il les prélève soigneusement. Une photo recadrée de Jésus est placardée sur la une, deux jours après le drame. Il la connaît, elle est extraite d'une des scènes tournées dans la boîte de nuit de Caco, *El Rey*. Si l'image avait été conservée dans son format originel, on verrait aussi Alma, près d'une prostituée japonaise pleurant sur Tokyo, et lui, le Poulpe, en retrait à droite de la porte d'entrée dans un rôle de figurant muet, le visage mangé par l'ombre d'un chapeau. La lecture des papiers lui apporte une foule de précisions. Une information, aussi, qui décide de l'utilisation de la paire d'heures suivantes : le gardien blessé, dont le journaliste mentionne l'état civil, est soigné à l'hôpital de Corneville et, si ses jours ne sont plus en danger *« comme on l'avait craint dans un premier temps »*, il n'est pas prévu qu'il en sorte avant une bonne semaine.

Les bombes alliées ont épargné l'ancien monastère des Bénédictines, d'imposants bâtiments conventuels agencés autour d'un cloître, le tout surmonté d'une église à double nef. Le Poulpe franchit le porche, longe les arcs surbaissés pour accéder à l'accueil, portant devant lui le bouquet de fleurs acheté à l'Interflora de la rue des Processions. Un petit chien des Pyrénées vient lui renifler les basques puis s'éloigne. Il patiente dans le hall vitré, le temps que l'hôtesse achève de s'engueuler avec son mari à propos de la place des convives autour de la table du réveillon. Elle débite l'arbre généalogique des rancœurs familiales : Tu sais bien, pourtant que l'oncle Jules n'aime pas l'oncle Gaston, que ta sœur est une langue de vipère, qu'elle ne supporte pas ma mère... L'autre, au bout du fil, doit lui servir que c'est le contraire, car le ton monte. Comme ça s'éternise, façon feuilleton brésilien, il tousse sans que cela change quoi que ce soit à la donne. Elle finit par remporter la manche avec un argument imparable prononcé d'une voix soudainement douce : « Si tu t'occupes de ce qu'on met autour de la table, ne t'arrêtes pas en si bon chemin, tu t'occuperas aussi de ce qu'il faut mettre dessus. Je ne fais pas la bouffe. »

Elle raccroche, amplifie à l'adresse de Gabriel le sourire qui lui est monté aux lèvres.

— Je vous écoute...

Il s'approche du guichet, ses œillets au premier plan.

— Je viens voir un parent qui malheureusement ne pourra pas être avec nous ce soir... J'arrive de Paris. M. Decourcy. Son prénom, c'est Adrien...

Elle n'a pas besoin de consulter son registre.

— Notre héros ! On le remet sur pieds. Vous êtes un peu en avance pour les visites, mais ce n'est pas grave. Il est au deuxième étage par cet escalier. Il y a aussi un ascenseur, au bout du couloir. Chambre numéro trois.

En grimpant les marches quatre à quatre, il croise les trois médecins de permanence qui font le tour des patients, entourés d'une demi-douzaine d'infirmières. Il pousse la porte de la chambre du blessé et attend que la femme qui passe la serpillière soit sortie pour s'approcher du lit.

— Bonjour, monsieur Decourcy... Je suis journaliste à l'édition nationale d'*Aujourd'hui*. Dans ma revue de presse, j'ai lu les papiers de notre confrère à propos de l'agression dont vous avez été victime, et j'aimerais vous interviewer...

— Avant d'être blessé, je n'avais jamais vu de journalistes de ma vie. Vous êtes le premier à venir avec des fleurs...

Le visage d'Alma qui flotte en permanence sur ses pensées vient à son secours.

— J'ai rendez-vous avec une amie, juste après... On se voit une fois tous les cinq ans. C'était pour elle, mais si ça peut vous faire plaisir, je vous les offre...

— Non, d'ailleurs les œillets, certains disent que ça porte malheur aux malades... Soyez gentil, versez-moi un verre d'eau... Ils chauffent trop ici, je ne suis pas habitué.

Le Poulpe se saisit de la bouteille de Cristaline que Gérard, au *Sainte-Scolasse*, ne peut s'empêcher de servir à ses clients en leur disant : « Vous verrez, elle commence très mal, mais elle finit bien mieux. » Ceux qui ne comprennent pas ont droit aux travaux pratiques. Il masque d'abord les dernières lettres de la marque, ne laissant apparaître que « Crist », puis il déplace son doigt, révélant l'autre partie, « staline ». Ça fait rire ou pas, c'est selon.

— Tenez. Je sais que c'est lassant de répéter plusieurs fois la même chose, mais je voudrais que vous me racontiez comment les choses se sont passées, depuis le début. Vous faisiez une ronde, c'est bien ça...

— Non ! J'ai assez de travail au collège dans la journée. La nuit, je dors, je ne me promène pas dans les couloirs avec un fusil. D'ailleurs, il ne se passe jamais rien à Corneville... On a eu notre lot pour l'éternité, en juin 44.

Il repose son verre sur la tablette, au milieu des médicaments.

— Vous avez entendu du bruit ?

— Non... Il était environ trois heures du matin, et je me suis levé pour aller pisser... Excusez-moi je n'ai pas d'autre terme, vous arrangerez, c'est votre métier...

— Ne vous inquiétez pas...

— Le vasistas de la salle de bains ouvre sur la rue Vertugadin. On l'a toute en enfilade. J'ai jeté un œil, le temps que ça se termine, et c'est là que j'ai vu la silhouette d'un type qui avait l'air de faire le guet au pied de la ruine. C'est le meilleur moyen pour les élèves, surtout les internes, de sortir en catimini du collège, avec ses fenêtres ouvertes à tout vent. Certains ne s'en sont pas privés. J'ai bien dû le signaler dix fois à l'évêché. La mansarde de coin ne leur appartient pas, la propriétaire la laisse à l'abandon. Elle est dans une maison de retraite, à Tourlaville. Ils ne peuvent rien faire... Je me suis décidé à faire un tour vers le jardin. J'ai passé une vieille canadienne sur mon pyjama, mais, quand je suis arrivé à hauteur de la fontaine, par l'intérieur, j'ai aperçu un deuxième individu qui descendait l'escalier de pierre, vers la cour, et s'approchait des portes des bureaux. Je suis remonté aussitôt prendre ma pétoire. Elle n'avait jamais tiré que sur des pigeons... Le temps de revenir, il avait réussi à entrer par une petite ouverture de la salle de documentation qui ferme mal. Je suis resté à le chercher pendant deux ou trois minutes, puis j'ai entendu du bruit du côté des caves. Il avait ouvert le cadenas en farfouillant dedans, alors que moi, avec la clef, je mets au moins cinq minutes à en venir à bout... Ces gens-là, ils ont ça de naissance...

— Précisez. C'est qui ces gens-là ?

Le blessé écarquille les yeux sur l'évidence.

— Les Gitans. Qui voulez-vous que ce soit ! Notez que je n'ai rien contre eux, j'étais en légitime défense. Mais il faut regarder les choses en face, ils sont plus doués pour le chapardage que pour les études... La preuve, on n'en a pas un seul au collège, alors qu'ils se disent tous catholiques.

— À votre avis, qu'est-ce qu'il était venu chercher dans les sous-sols de l'école ? Aucun des articles n'en parle. Vous y descendez quelquefois ? Il y a des choses précieuses d'entreposées ?

— Non. Il était mal renseigné. Le coffre se trouve dans le bureau du directeur. On y met les chèques des pensions, toute la comptabilité du personnel et surtout les caisses de régie, les seules en liquide. Moins d'un million de francs en général... Je ne parle pas en euros, même pas en nouveaux francs. Je ne m'y suis jamais fait. Un million ancien. Il faut encore percer le coffre ! Si on veut gagner de l'argent, le mieux c'est d'emporter tout le matériel informatique et de le revendre. Les caves sont immenses. Elles s'étendent sous la surface des bâtiments et une partie de la cour. Il existe aussi trois départs de tunnels qui rejoignaient d'autres hôtels particuliers. Ils ont été bouchés au moment de la reconstruction de la ville. On ne s'en sert que de rebut. Quand j'ai descendu les escaliers, il se tenait près de l'endroit où j'entasse les sommiers, les matelas, les tables et les chaises réformées. Je vais rarement plus loin. Ensuite, c'est les stocks de manuels périmés, des gravats. Plus on s'enfonce et plus c'est moisi, pourri d'humidité... On sort de la couche calcaire. Tout au fond, il y a une salle entière remplie des anciens pavés de la cour. J'ai appris par les gendarmes, le lendemain, qu'il s'appelait Jésus. Vous allez trouver ça bête, mais pour un croyant c'est un drôle de choc d'avoir tué un homme qui porte ce nom, même si je ne pouvais pas faire autrement...

La porte de la chambre s'ouvre alors que Gabriel s'apprête à partir. Une infirmière en blouse blanche, un badge au nom de Géraldine Troude pincé sur la poche à stylo, s'avance vers le lit. Elle tend un thermomètre au convalescent, accompagne son geste d'un sourire.

— Bonjour, monsieur Decourcy, bonjour monsieur. Vous ne manquez pas de visites ! Hier c'était le défilé des profs et des élèves du collège, demain ce sera la ruée pour les vœux... Pire qu'un ministre... Profitez-en, vous sortez après-demain...

Le blessé désigne le Poulpe d'un petit mouvement de la tête.

— C'est pour un journal de Paris...
— Ah, vous êtes journaliste...

Gabriel remarque le ton condescendant. Il a lu un de ces sondages de fin d'année sur la cote de confiance que les Français accordent aux diverses professions. Il fut un temps où les Rouletabille caracolaient en tête, en compagnie des toubibs et des enseignants. Aujourd'hui, ils font jeu égal avec les hommes politiques, derrière les actrices de porno et les abbés révisionnistes. Il aime bien savoir à qui il a affaire, si le rejet tient au basique « tous pourris » ou au désenchantement.

— On dirait que pour vous, c'est une tare...
— Exactement. Et s'ils organisent un téléthon pour la corporation, chez France 2, ne comptez pas sur ma promesse de don !
— Il ne faut pas généraliser. Tous les chirurgiens n'égarent pas une pince à écarter dans le bide de leur client ! Vous ne savez même pas ce que j'écris...
— C'est surtout que je n'ai pas besoin de vous lire pour le savoir ! Vos collègues en ont tartiné des tonnes, à juste titre, sur le drame auquel est mêlé M. Decourcy. Aucun n'a eu le courage de se documenter pour retracer l'historique du collège. Vous ferez de même. Pas besoin d'ordres : on vous a formé à les précéder.

Gabriel, qui avant de partir a jeté un œil aux dépliants touristiques rangés dans le présentoir de l'hôtel, lui réplique en se dirigeant vers le couloir :

— Je vous promets de consacrer un encadré au déjeuner de l'impératrice Marie-Louise et au passage éclair de Charles X dans les salons de l'Hôtel de Ménildot de la Grille... Alors, heureuse ?

L'infirmière marmonne des chapelets de

« C'est ça, c'est ça », tandis que le blessé se redresse sur son oreiller.

— Vous oubliez vos fleurs...

Gabriel passe la tête avant que la porte ne se referme.

— C'est pour elle : il paraît que ça file la mouise...

6

Le dernier quart d'heure

Gabriel ne savait pas trop quel prétexte invoquer pour pointer une nouvelle fois le bout de son nez au campement des Cuevas. Les confidences de Decourcy le lui fournissent. La voix de Monika Juhasz-Miczura, pleine de frissons, monte dans l'habitacle dès qu'il lance le moteur. Il roule à petite vitesse pour que les bruits de la mécanique n'effacent pas la musique. Les rafales de vent font claquer le linge suspendu autour des caravanes. Il salue une femme en noir au visage dissimulé par une écharpe qui rencoquille des escargots dégorgés sous un auvent. Elle remplace l'opercule par un peu de beurre persillé qu'elle prélève au doigt dans un bol.

— Je cherche Andres Cuevas. Vous pouvez me dire où il habite ?

Il reconnaît Incarna, face à laquelle il a mangé la veille, quand elle écarte les pans du tissu. Ses yeux pétillent, comme des îles au milieu d'un océan de rides.

— Tout au fond, devant les peupliers, mais vous ne le trouverez pas.

— Et pourquoi ?

— Tout simplement parce qu'il est parti travailler à l'usine, pour les vérandas. D'habitude, il revient manger vers midi et quart. Des fois, on l'attend pour rien.

— Je repasserai plus tard, j'aurai peut-être de la chance...

Il prend place à nouveau au volant, dans l'intention de tuer le temps entre les haies du bocage. Dans la traversée du hameau des Marais, une tache rouge et noire, une chevelure ondoyante sur un corsage écarlate, attire son attention. Alma. Il s'arrête à sa hauteur, se penche pour ouvrir la portière.

— Monte. Je vais où tu veux...

Son geste, pour s'asseoir, découvre ses jambes de danseuse, ses cuisses, tandis que son parfum envahit l'habitacle. Le Poulpe est foudroyé de désir. Il ferme les yeux, respire profondément sans parvenir à reprendre les commandes. La voix d'Alma le ramène sur terre.

— Qu'est-ce que tu attends ? Démarre...

— C'est déjà fait, de l'intérieur... Tu allais à quel endroit ?

Son regard se pose sur l'écran lumineux du lecteur laser.

— Pourquoi veux-tu que j'aille quelque part ?

Je marche, c'est tout. Je goûte au vent, à l'air d'aujourd'hui. C'est drôle, je passais dans ma tête exactement cette musique-là, c'est la chanson de Pépa...

> *Je n'ai pas de patrie*
> *Je suis née de l'amour...*

Il attend qu'elle ait fini de fredonner.
— C'est un signe, Alma. Je roulais au hasard, tu marchais de même, et pourtant nous nous sommes rencontrés. On était ensemble, sur les mêmes ondes. Tu vois bien qu'il se passe quelque chose entre nous deux...
— C'est Jésus qui nous réunit, Gabriel. Il veut que son souvenir reste ici, au cœur des vivants. On est trop seuls...
Ils rejoignent la départementale aux Graelles. Alma lui demande de tourner sur la droite, vers Corneville, de prendre de la vitesse. Elle augmente la puissance sonore du *Nora Luca* des Gipsy Stars, presque à saturation, ouvre la vitre, et sort la tête, sa chevelure aspirée par le déplacement d'air comme une flamme obscure. Passé le bourg de Sauxe-Bocage, elle vient s'appuyer contre le bras de Gabriel, ses ongles griffent le tissu de la veste.
— Arrête-toi... J'ai besoin que tu m'embrasses...

Il dirige la voiture vers un chemin de terre, s'arrête à l'abri d'une haie envahie par le chèvrefeuille. Les silhouettes immobiles de trois chevaux se découpent sur l'horizon. Tout juste s'il a le temps de couper le contact qu'Alma cherche déjà sa bouche. Il tâtonne pour trouver la manette de basculement du siège. Le monde chavire tandis que son autre main se perd dans le satin.

Une éternité plus tard, ils sont face à face, heureux et malheureux, devant un café, une bière dans l'épicerie-tabac de Sauxe-Bocage. Elle a les yeux pleins de larmes, repousse la caresse qui veut les effacer.

— C'était un adieu, Gabriel... Je ne retourne pas au campement... On doit venir me chercher pour aller à Paris.

— Je peux t'emmener, je remonte ce soir, demain au plus tard... Tu attends qui ?

— Peu importe... Il suffit que je passe un coup de fil, ils sont en route. J'ai un engagement pour plusieurs mois, en Allemagne, dans une comédie musicale. Un remake de *Pretty Woman*, avec une Gitane dans le rôle du papillon qui sort de sa chrysalide. Ce sera moi. (Mains sur les hanches, elle plie les coudes sur le côté, les remue d'avant en arrière comme dans la danse des canards, avec sur les lèvres un drôle de petit sourire.) À Berlin, tu sais, la mode est aux *Zigeuner*, aux

Tsiganes. Après ce qu'ils nous ont fait subir, il y a sûrement un peu de mauvaise conscience dans le phénomène... Au fait, je t'ai menti tout à l'heure : je n'allais pas nulle part sur la route. C'est ici que j'ai rendez-vous... Fallait pas qu'on se rencontre...

— Je pense l'exact contraire...

— Écoute... Au cinéma, je n'aime pas les scènes de séparation qui s'éternisent. On n'arrive pas à s'identifier. Ça ressemble à ces duels au revolver, quand les metteurs en scène ne croyaient plus au western. Les types bavardent au lieu de s'entretuer... S'ils sont là, main sur la crosse, c'est que tout a déjà été dit... À quoi bon en rajouter ? Faut que tu partes maintenant, Gabriel... Tu entends ? Maintenant.

Il se lève en la regardant une dernière fois, traverse les rayonnages de gâteaux chocolatés, de conserves, d'eaux minérales. Il fait une centaine de mètres en voiture, vient se garer près de l'arrêt bétonné des Autocars de Normandie, la porte de l'épicerie dans le cadre du rétroviseur. Il se dit qu'elle jouait, qu'elle va sortir pour repartir vers le campement. Il coupe la musique à laquelle son attention, de brefs moments, se laisse prendre. Une heure s'est écoulée quand, derrière lui, une imposante BMW, dans la série des sept, s'arrête sur le terre-plein. Un homme s'en extrait, côté passager, entre dans l'épicerie pour en ressortir dans la même minute derrière une tache rouge et noire. La berline démarre dans un nuage de poussière. Quand elle passe devant lui, lancée à pleine vitesse, le Poulpe remarque qu'elle est immatriculée en Espagne.

Lorsqu'il revient sur l'aire de stationnement des caravanes, Andres, sa femme Casilda, Incarna et deux gamines sont attablés autour d'un plat rempli de coquilles brûlantes, d'un saladier débordant d'endives.

— Tu as mangé ? Non ? Alors installe-toi. Ceux-là, c'est pas du mou de veau... Des bourgognes, on en ramasse des centaines par ici, il n'y a qu'à se baisser. Tu aimes ça ?

Gabriel se sert une douzaine de gastéropodes. Il les déloge de leur refuge au moyen d'une allumette taillée que lui tend Incarna, dépose l'escargot sur une lichette de pain frais puis arrose le tout du beurre fondu fortement aillé. Entre chaque bouchée, une feuille de salade apaise son palais, quelquefois aussi une rasade de vin blanc.

— Tu ne devais pas repartir pour Paris ?

— Si, c'était ce qui était prévu...

— Qu'est-ce qui t'a fait changé d'avis ? Tu as le coup de foudre pour une petite brune de Corneville...

Le Poulpe plante son regard dans celui

d'Andres. Il fait semblant de ne pas avoir saisi le clin d'œil qui visait Alma.

— Je ne voulais pas vous embêter avec ça... Le problème, c'est que je ne peux pas faire autrement. Ce matin, j'ai rencontré le gardien du collège, à l'hôpital... Je suis persuadé qu'il a tiré par peur...

Andres repousse son assiette à l'évocation du meurtrier de son fils. Incarna se lève pour aller chercher la corbeille de fruits, tandis que Casilda s'éloigne avec les deux fillettes. Gabriel attend d'être seul avec Andres pour continuer.

— Je l'ai mis en confiance en me faisant passer pour un journaliste. Il m'a confirmé que les sous-sols du collège étaient une sorte de décharge et que la seule chose qui avait un peu de valeur dans ce capharnaüm, c'était un stock de pavés datant de la construction de l'Hôtel de Ménildot au début du XVIIIe siècle ! L'argent se trouvait, lui, dans un coffre au rez-de-chaussée. Percer, ça ne s'improvise pas. Il faut être rencardé par quelqu'un de la place, se pointer avec la clef, la combinaison, sinon être équipé de chignoles ou de chalumeaux. À mon avis, Jésus ne venait ni pour le coffre ni pour les pavés... Il avait une autre idée en tête, un but qu'il faut arriver à connaître pour que tout s'éclaire...

Andres sort une cigarette de son paquet, en offre une au Poulpe.

— Il a emporté son secret avec lui...

L'allumette se casse entre les doigts d'Andres.

— Pas complètement, car, cette nuit-là, rue Vertugadin, il n'était pas seul. La presse n'en a pas parlé, mais avant de descendre, le gardien s'est penché par une des fenêtres de son appartement. Il a vu un type qui faisait le guet, dans la rue, pendant que Jésus s'introduisait dans les lieux par une ruine mitoyenne. D'ailleurs, avec une balle dans le foie, si on peut admettre qu'il soit parvenu à sortir du collège, il est impossible qu'il ait pu s'installer au volant, conduire pendant un minimum de vingt minutes dans le bocage, pour s'effondrer en arrivant ici. Je ne suis pas flic, Andres, ça ne sert à rien de me cacher la vérité. Je suis un obstiné. Je finirai par la débusquer d'une autre manière.

— C'est mon plus grand regret, qu'il ne soit pas mort dans mes bras...

Gabriel remplit les deux verres, pour laisser passer l'émotion.

— Vous pouvez me dire avec qui il faisait équipe... Je comprends que vous le protégiez. J'oublierai tout à l'instant même où je l'entendrai. C'était un des types que vous m'avez envoyés à Bastille, pour me prévenir ?

— Oui. Le chauve en santiags, il s'appelle Déméter. Il est de la famille d'Incarna, par alliance. C'est le mari d'Alma. Ils ne vivent plus ensemble, ça n'empêche qu'ils sont toujours mariés. Mon fils se trouvait sur la banquette, allongé à l'arrière. Déméter m'a raconté que Jésus avait réussi à sortir de l'école, malgré sa blessure, mais qu'il est mort deux minutes plus tard alors qu'il le soutenait pour marcher jusqu'à la voiture garée place du Viquet-d'Azur... D'après lui, personne ne les avait vus. On lui a ordonné d'aller se planquer dans les bois, le temps que ça se calme. J'ai expliqué aux gendarmes que Jésus était arrivé seul, à cinq heures du matin, mourant. C'est pour cette raison qu'ils ont, ensuite, organisé la descente, avec la fouille des voitures, des caravanes, en brandissant leurs mitraillettes sous le nez des enfants...

— Déméter vous a dit ce qu'ils cherchaient au collège ?

Andres remue la tête en signe de dénégation.

— Il n'était au courant de rien. Son rôle s'est borné à faire le guet, au bas du mur. Je le crois à cent pour cent. Déméter a tous les défauts de la Terre, le shit, l'alcool, les femmes, les cartes, j'en oublie en chemin, mais ce n'est pas quelqu'un qui ment ni qui maquille les choses... Il a fait pas mal de petites conneries dans sa vie, et il est sous la menace d'un an avec sursis. S'ils l'avaient chopé pour cette histoire, personne n'aurait pu le retenir par le col.

— Il faut absolument que je le rencontre. Dites-moi où il se planque.

— Très loin d'ici, dans une discothèque d'Andalousie...

Gabriel lance le seul nom de dancing espagnol qu'il connaît, à tout hasard. Il revoit, en superposition, la plaque d'immatriculation de la voiture allemande qui filait tout à l'heure sur la départementale, emportant Alma vers un Berlin de fiction.

— *El Rey*, sur la route de Séville ? Dans mon souvenir, c'est surtout un bar à putes. Il y avait même une Japonaise. Elle chantait faux.

Andres accuse le coup.

— C'est pas possible... Vous la connaissez ?

— La fille de Tokyo ? Non, pas vraiment. *El Rey*, plutôt bien. C'est là qu'on a tourné, avec Alma et Jésus. Il y avait aussi un groupe de flamenco, Las Cigalas de Jérez...

Il pose ses deux mains sur les épaules d'Andres.

— Jésus n'était pas seulement un très bon copain, c'était aussi un musicien d'exception. On n'a pas le droit de le laisser partir avec cet écriteau d'infamie autour du cou : « tué au cours d'un braquage minable ». Ses notes sont dispersées sur cinquante disques parmi ceux que je préfère. Avec Marin Ioan, les Gipsy Stars, Bratsch, Ando Drom, Radio Tarifa, le petit-fils de Django... Je n'ai pas envie de m'en priver. Impossible de les écouter, demain, si je me suis dérobé au devoir d'amitié. Chacun de ses pincements de guitare me déchirerait le cœur ! Tu es bien certain que Déméter ne t'a rien dit ?

Andres répond déjà quand Gabriel s'aperçoit qu'il l'a tutoyé.

— Si, il a parlé, mais pour dire des choses sans importance...

— Essaye de t'en rappeler, dans ces situations-là, même une syllabe est importante... Fais un effort.

Il avale un fond de verre.

— Ce qui me reste comme impression, c'est que leur soirée à tous les deux s'est goupillée de curieuse façon. Je ne vois pas encore où est le grain de sable... Ils avaient passé une bonne partie de la journée dans la caravane de Déméter, à regarder des cassettes de Kusturica, le Yougoslave. J'ai visionné *Chat noir, chat blanc* avec eux. J'ai bien aimé, mais j'ai décroché avec un truc bizarre qui n'en finissait pas, *Underground*... Ils avaient prévu d'aller boire un verre en ville, puis d'aller pêcher quelques douzaines d'huîtres dans les parcs d'Isigny ou de Grandcamp. On les ouvre sur le feu, c'est une splendeur... Au passage, Jésus a voulu prendre des nouvelles de son grand-oncle, Antonio Cuevas, celui qu'on a enterré hier à la *tierra de cuero*... Personne ne savait qu'il avait un cancer, sauf Incarna et ma femme, Casilda, qui lui préparaient de la soupe en douce, derrière mon dos, et c'était Jésus qui allait la lui porter... Il n'avalait plus que ça.

Le rideau de la caravane se soulève une fraction de seconde sur le visage d'Incarna. Gabriel lui sourit.

— Vous étiez fâchés depuis longtemps ?

— Aussi loin que je revienne en arrière, je ne rencontre pas d'engueulade entre nous. L'oncle Antonio ne vivait pas pareil que le reste de la tribu. Entre nous, on disait qu'il avait enlevé les roues de la maison. On avait quinze ans de différence, et je l'ai toujours vu comme un type solitaire, au visage fermé, ne s'intéressant qu'à son métier de projectionniste... On m'a dit que dans sa jeunesse, c'était tout le contraire. Il jouait de la musique, il chantait, il dansait. Il était fiancé avec la plus belle fille du Cotentin, Incarna, qui mangeait avec nous... C'est la mère de Déméter, elle l'a eu sur le tard... D'un seul coup, Antonio s'est lancé dans les affaires. Il a quitté le campement pour monter une baraque cinéma, sur la place du Château, au milieu des ruines de Corneville. Les gens n'avaient rien d'autre, pour se distraire. Il a bien gagné sa vie. Incarna l'a attendu pendant un an, deux ans, trois ans. Elle a fini par se marier avec un fils Hoffmann, des Roms venus d'Alsace. Il est mort, il y a cinq ans, sans ignorer que sa femme avait toujours pensé à un autre. Ce qui explique que lorsqu'ils sont arrivés tous les deux chez Antonio, Déméter a préféré rester dans la voiture. Avec pour conséquence qu'il n'a pas pu écouter ce que se disaient Jésus et son grand-oncle. Mon fils lui en a confié quelques bribes alors qu'ils filaient vers les parcs.

— Concentre-toi au maximum, Andres, c'est important...

— Je fais mon possible... Tout son argent gagné avec le cinéma, Antonio l'avait investi dans l'achat d'un pavillon, près des haras. Il a averti Jésus que la maison lui reviendrait après sa mort. Il parlait beaucoup d'Incarna, pour expliquer qu'il l'aimait, que s'il n'avait pas demandé sa main, c'était par respect pour elle... Jésus a également raconté à Déméter qu'Antonio avait été raflé par les policiers français, pendant la guerre, et obligé de travailler comme un esclave à la construction des rampes de lancement des missiles dirigés contre l'Angleterre. Il y en a un peu partout dans la région, les plus proches sont au-dessus de Bonnetvast, vers la ferme des Fontaines. Après, ils ont ramassé les huîtres jusqu'à ce qu'un orage les oblige à se mettre à l'abri dans la voiture. Ils faisaient route vers ici, quand Jésus a eu cette idée d'aller visiter le collège de la rue Vertugadin. Tu connais la suite.

— Oui, et je ne suis pas beaucoup plus avancé...

7

Un village modèle

Dès que Gabriel met le pied dans le hall de *l'Hôtel des Louves*, la patronne lui demande si son intention est de dîner à l'ordinaire, ou s'il participera au réveillon qui doit réunir une cinquantaine de convives dans la grande salle du restaurant.

— Ce serait dommage de louper ça... Je réserve un couvert, si vous pouvez me placer pas trop loin d'une jeunesse... J'ai eu des messages ?

À part la clef de chambre, son casier est vide. Il sort, longe la rue principale jusqu'à *La Fauvette* et pousse quelques dizaines de mètres supplémentaires vers le bureau de poste.

Après avoir pianoté sur la borne télématique, il s'enferme dans une des cabines pour composer le numéro trouvé sur l'écran. Son appel file sur terre, sur mer, franchit les Pyrénées. On décroche à deux mille kilomètres de là. Une voix ensommeillée profite d'un bâillement pour marmonner un :

— ¡ *Diga !... Aqui* El Rey... ¿ *Quien llama*[1] ?
— Vous parlez français ?
— *Un poquito*... Lentement prononcé, ça va...

Le Poulpe se force à détacher chaque syllabe, comme s'il dictait un télégramme.

— Je voudrais laisser un message à Déméter Hoffmann, de la part de Gabriel Lecouvreur. Je suis un ami de Jésus, d'Andres et d'Alma. Il faut absolument que je lui parle. Qu'il me donne un numéro de portable ou celui d'une cabine. Je suis à l'*Hôtel des Louves* de Corneville. Je le rappellerai dans la foulée. C'est noté ?

— C'est noté, *señor*. Le problème, c'est que je ne connais pas cette personne... Hoffmann... Il passe beaucoup d'Allemands ici...

— Il n'est pas allemand mais gitan. On ne sait jamais ce que la vie nous réserve... Je suis prêt à parier que dans la journée de demain, vous verrez arriver sa femme dans une grosse BMW. Une superbe brune en robe rouge... *Hasta luego...*

Allongé dans sa chambre, les pieds sur le montant du lit, il tue le temps en zappant sur les trente chaînes offertes par le bouquet hôtelier. Un entrechat à l'Opéra remplace une explosion multicolore dans le ciel de Mexico, un dessin animé belge succède à l'odyssée de savants fous

---

1. Allô ? Ici *El Rey*. Qui est à l'appareil ?

dans le triangle des Bermudes. Il s'arrête plus longuement sur la deux, séduit par la beauté de Maruschka Detmers que le mot « Fin » efface de l'écran. La bande à Ruquier déboule sans crier gare. Il lui arrivait de regarder les clowns de bout en bout, au début. Un jour, ça reste comme un malaise, il les a vus, à une exception près, faire des papouilles à Jacques Vergès, l'avocat de Klaus Barbie, de Roger Garaudy, de la Cassette, des dictateurs africains, après avoir été celui des patriotes algériens. La semaine suivante, allonzy, allonzo, le général Bigeard, ancien d'Algérie occupée, était assis à la place de son ancien adversaire. Gabriel s'était dit que, cette fois, les rigolos de service ne se déballonneraient pas, que, par fidélité au titre de l'émission, « On a tout essayé », ils parleraient au galonné d'un appareil qu'il connaissait bien, l'ancêtre du téléphone portable : « La gégène, général, vous l'avez expérimentée, comme votre ami Massu ? C'est du bon matériel ? On entend bien ce que l'autre raconte, au bout du fil ? »

À défaut, il pensait qu'il s'en trouverait un pour évoquer les talents de cuisinier de ce pilier de l'armée : « La recette inventée pendant la bataille d'Alger, les fameuses "crevettes Bigeard", livrées directement dans la baie par hélicoptère, il vous arrive encore d'en proposer à vos invités ? »

Rien n'était venu, pas la moindre goutte d'acide dans le sirop. Touche pas à ma popote ! Il avait fini par éteindre son récepteur sur une illumination : ce n'était pas simplement pour rire que la troupe s'était adjoint les services d'un psy. Ça sert à raccommoder les trous de mémoire. D'une pression du pouce, il se retrouve chez Bouygues où, comme de juste on gagne des millions, puis c'est à Jacquot, le miraculé du 21 avril, pétant de santé, de présenter ses vœux en regardant la France au fond de son prompteur.

La patronne des *Louves* a installé les familles, les couples, autour des tables rondes disposées sur les côtés, et regroupé les clients célibataires ou veufs au centre de la pièce. Le Poulpe se retrouve coincé entre un représentant de commerce à sa gauche, une retraitée de la protection judiciaire de la jeunesse à sa droite. Le type travaille à ramasser de la publicité pour les pages jaunes. Il consacre une semaine en moyenne à chaque corps de métier. Approche au téléphone, rendez-vous sur place, signature du contrat. Il vient de terminer la lettre « S » de son index couleur de serin : semences, séminaires, sépultures, sexologues, snack-bars, et entreprend de régaler son auditoire d'une anecdote par profession approchée. Il fait moyennement rire avec les semenciers, les pères jésuites, les tailleurs de marbre et veut se rattraper avec la suite.

— Celle-là, elle est authentique. Je la tiens du sexologue de la rue Beuglat, vous voyez qui je veux dire...

Il se trouve un myope en costume de flanelle pour saisir le bâton merdeux.

— Celui qui est au-dessus de la boulangerie ?

— Je constate que monsieur fréquente... Pas plus tard que cet après-midi, il me racontait qu'il venait de faire entrer un couple dans son cabinet, et que la jeune femme rechignait à se déshabiller devant son mari. Il se tourne vers l'homme et lui demande si elle fait toujours autant de manières. Il lui répond alors : « Je ne sais pas, nous venons de faire connaissance dans la salle d'attente. »

On trinque au champagne, sauf Gabriel qui s'est arrangé pour que sa coupe soit remplie de gueuze. Le chef en grand uniforme blanc vient claironner le menu devant ses convives, puis on passe aux choses sérieuses. Quelques huîtres pochées précèdent les langoustes grillées capturées le matin même près de Jersey par des pêcheurs de Carteret. À l'évocation des îles anglo-normandes, le Poulpe essaie de lancer la conversation sur l'exil d'Hugo. Il a en réserve une série d'anecdotes sur la manière dont le poète s'était associé aux contrebandiers du Cotentin pour faire franchir les flots à ses écrits contre Napoléon le Petit. Son essai échoue lamentablement, et permet à Sylvie, la retraitée de la justice, de rebondir.

— J'aime beaucoup la poésie. Je tiens cette sensibilité, je crois, à l'influence de mon oncle Ferdinand Lediseur... Vous en avez entendu parler ?

Gabriel concède qu'il en ignore jusqu'au nom.

— Quel dommage ! Si vous êtes encore quelques jours à Corneville, je déposerai l'un de ses recueils dans votre casier... C'est assez normal, dans un sens que sa renommée ait du mal à franchir les limites de nos départements. Il a consacré sa vie à la réhabilitation de la langue normande. « Mais j'sis d'abord Côtentinaise, et j'veus eunn'Nourmaundie nourmaunde ! » Son travail avait comme ligne de force de renouer avec notre passé scandinave... Il reste encore beaucoup de gènes vikings dans cette région, il suffit pour s'en convaincre d'aller au hasard des campagnes, d'observer les carrures... C'est ici que ces guerriers paysans ont établi leurs premiers camps de base et que leur enracinement a été le plus profond.

Elle s'interrompt à l'irruption de tous les mitrons, à la queue leu leu, portant chacun un chapon désossé, garni de farce truffée sur lit de girolles. On aiguise les couteaux sous les applaudissements, puis elle reprend son hommage au tonton, en mastiquant.

— Statistiquement, la Manche est le département où le peuplement nordique est le plus important de tout le pays, où la proportion de blonds aux yeux bleus est la plus forte... Surtout chez les propriétaires. C'est un fait avéré par les anthropologues.

— Je suis là depuis deux jours seulement, et sans prétendre à l'autorité scientifique, j'ai pu le constater dès mon arrivée. Au cimetière...

Elle suspend le trajet d'une bouchée de blanc de chapon enrobé de champignons à trois centimètres de ses lèvres.

— Vous étiez à l'enterrement de l'abbé Thumières ?

— Non, je vous parle de celui qui a suivi... Antonio Cuevas, un propriétaire de salle de cinéma du coin. Je ne l'ai jamais vu de son vivant, mais selon vos critères, il devait nécessairement être blond aux yeux bleus. Il faudrait ouvrir la boîte... Jésus, par contre, on se connaissait bien. Il était cuivré, de poil, de peau, de pupille... Un musicien. Son truc, c'était de gratter les cordes de sa guitare, pas de souffler dans une corne de brume.

Elle le regarde avec une grimace d'incrédulité sur les traits. Gabriel remarque seulement à cet instant ses prunelles sombres, les racines noires de ses cheveux décolorés.

— Ces gens-là n'ont rien à voir avec la Normandie, ce sont des Gitans... Je respecte leur culture, leur façon de vivre, mais chacun chez soi. Je ne veux pas qu'on m'oblige à manger du hérisson !

Le myope enrobé de flanelle saisit l'opportunité pour s'attirer les faveurs de la retraitée dont il lorgne le décolleté avec insistance depuis le début du repas.

— Surtout à la sauce piquante...

Ça fait rire aux éclats le représentant en pages jaunes. Gabriel se concentre sur les feuilles de chêne qu'il fatigue dans le saladier, bien décidé à laisser mourir la querelle. C'est la poétesse normande qui décide de remettre le couvert. Elle vide d'un trait son verre de saint-estèphe.

— On les accueille, on leur permet d'installer leurs campements dans les faubourgs de nos villes, pour quel résultat, hein ? Ils s'introduisent dans une école, le couteau à la main, prêts à voler, à tuer si nécessaire. Ce Jésus avait davantage à voir avec Judas, si vous voulez connaître le fond de ma pensée.

— Je n'étais pas demandeur, mais je peux vous dire qu'il aurait besoin d'une bonne vidange, votre fond de pensée...

Il abandonne la verdure aux ruminants. Verre à la main, il vient se planter devant la jeune serveuse qui, entre deux plats, glisse des galettes dans la petite sono posée sur un guéridon.

— On vous oblige à passer Céline Dion, Goldman, Renaud, les deux Lara, Catherine et Fabian, ou bien c'est pour imiter Radio Nostalgie ? Lenormand, ici à la limite, on peut admettre...

La gamine hausse les épaules en rougissant.

— C'est ce qu'on m'a donné comme disques... Je fais avec...

Le Poulpe se plante une cigarette entre les lèvres. Il sort un instant dans la cour pavée, disparaît derrière la tour cylindrique. Lorsqu'il revient, les cuistots amènent en fanfare un immense plateau de fromages sur lequel flottent les drapeaux de tous les pays de l'Europe en devenir. Un quart de doppelrahmfrischkäse teuton fraternise avec une bûchette de skorpulauskuminostur islandais, un rouleau de ladotyrimytilinis grec fait ami-ami avec une boulette de caciocavallo siciliano, tandis qu'une tranche de dorogoboudski slave fond près d'un livarot. Sur son piédestal, un camembert règne sur son empire de senteurs.

Gabriel tend les cinq CD qu'il a prélevés dans la boîte à gants de sa voiture, Kocani Orkestar, Gadjo Dilo, Swing... Il montre à la jeune fille le disque de Tschavolo Schmitt, un guitariste gitan de Strasbourg. Elle éjecte Jenifer. La voix d'Hélène Mehrstein monte, s'accorde aux pincements des cordes, et la valse de Puri Daï s'impose à tous les cœurs. La retraitée tangue jusqu'à lui, son assiette de laitages européens dans la main.

— J'adore cette musique, à chaque fois que j'en écoute, elle me fait dresser les poils sur les bras.

L'heure, à la pendule, se rapprochant dangereusement de minuit, il se retient de lui faire remarquer que l'épilation la débarrasserait de ce désagrément.

— Le guitariste vit dans une cité de transit, en Alsace. Il gagne sa vie en jouant dans les bars...

Elle fait semblant de ne pas avoir entendu. Elle soulève son assiette garnie de pâtes crémeuses.

— Vous n'en prenez pas ? Ils sont délicieux...
— Jamais. J'ai toujours pensé que le fromage n'avait qu'une fonction...
— Laquelle ? Je suis curieuse de la connaître...
— Rendre buvable le mauvais vin... On obtient le même résultat en mangeant des noix, la plus effroyable piquette se transforme en grand cru... Remarquez, je n'ai aucun mérite à me priver de moisissures : je ne bois que de la bière.

8

Dans les mines de fer

Le Poulpe s'éclipse, profitant du moment où tous les convives lèvent le nez sur l'imminente jonction des aiguilles au zénith du cadran, qui fera basculer le palindrome de l'année 2002 dans le néant. On se prépare à se jeter sur son voisin, sa voisine, à lui lécher la pomme, au signal donné par la pile atomique de Greenwich. Ce n'est pas de ces effusions calibrées dont il a envie. La poétesse de la justice qui, semble-t-il, aime se faire rudoyer, le retient par la manche. Il lève le doigt sur le pictogramme des toilettes, obtient son ticket de sortie et grimpe dans sa chambre. Derrière les vitres, les fusées des feux d'artifice zèbrent le ciel de Corneville, tandis que montent les appels rythmés des Klaxon auxquels font écho les sirènes de la caserne des pompiers. Il décroche le téléphone, pianote le numéro de Cheryl. Alors qu'il s'attendait à du « *live* », la ligne lui transmet la voix en conserve, sur la bande-annonce, ponctuée par le « pou pou pi dou » de Marilyn. Pris de cours, il balbutie.

— Je voulais simplement te dire qu'on se fout des années. Nous deux, c'est à la vie, à l'amor...

Il s'endort avec, devant les yeux, les jambes tournoyantes d'Alma, sa robe rouge soulevée en corolle par le mouvement de la musique.

Quand il se réveille, au petit matin du premier, à la radio, on parle déjà de guerre. Tout l'hôtel est encore sous couvre-feu. Il sort sous la pluie fine, à la recherche d'un patron de bar assez courageux pour avoir soulevé sa casquette en zinc et son rideau de fer. Ses pas le conduisent devant *La Fauvette* où un quarteron d'acharnés épluchent *Paris-Turf*. Le serveur lui amène le double express, les tartines beurrées demi-sel. Il fait cliquer deux piécettes d'un centime sur le Formica.

— La dernière fois, vous avez oublié ça...

— Je n'oublie jamais rien. C'était le pourboire...

Le barman tire une chaise à lui.

— Vous permettez ?

— Allez-y, c'est la trêve des confiseurs...

Il choisit d'ignorer le sarcasme.

— Écoutez, je regrette la mort de votre copain, comme tout le monde dans cette ville. Les Roms, ce sont mes clients depuis des décennies : ils sont accros aux canassons, tous autant qu'ils sont. Le problème, c'est que Jésus était bel et bien dans une propriété privée, en plein milieu de la nuit, armé d'un couteau... C'est à la justice de faire toute la lumière. Si on me prouve qu'il venait simplement vendre des calendriers pour la nouvelle année, je m'inclinerai. J'en entends à longueur de journée, derrière mon zinc... Je vous prie de croire que je suis parmi les plus modérés. Le lendemain de la tentative de cambriolage, un groupe d'excités voulait descendre au campement de Sauxe-Bocage, avec les fusils de chasse, pour aider les gendarmes à expulser les Gitans, comme le bruit en courait. C'est moi qui les ai calmés.

Gabriel empoche les deux centimes.

— Message reçu.

Le quart de baguette enfourné, le taux de caféine rétabli dans les veines, il se lève pour acheter un paquet de cigarettes. Le patron n'en a pas fini avec son entreprise de séduction.

— Prenez une cartouche, elles augmentent de 15 % avant la fin de la semaine...

— Si ça continue, les pauvres vont être obligés de se priver de cancer...

En se retournant pour voir qui a lancé la vanne, il a la surprise de reconnaître l'infirmière qui soignait le gardien Decourcy à l'hôpital de

Corneville. Sa blouse blanche dépasse du manteau.

— Bonjour, meilleurs vœux... Ils vous font travailler les jours fériés ?

— Meilleurs vœux à vous aussi. Je rentre à la maison, j'étais de garde toute la nuit. La maladie, c'est comme l'actualité, ça ne s'arrête pas à la demande...

— Je vous offre un café ? Ou autre chose...

Elle accepte et ils s'installent sur la moleskine, en fond de salle, devant deux tasses de moka.

— Votre patient se remet bien de ses blessures ?

— Je ne trahirai pas le secret médical en vous disant que la vie de M. Decourcy n'a jamais été en danger. D'ailleurs, il sort demain matin. La lame s'est glissée sous la peau et a ripé sur les os de l'omoplate. C'est extrêmement douloureux, ça paralyse, mais il n'y a aucune chance d'atteindre un organe vital par ce chemin-là. Si son intention avait été de le tuer, il lui était plus facile de planter son arme directement dans le ventre de celui qui lui faisait face ou à hauteur du cœur.

Elle déboutonne son manteau sur sa blouse, faisant apparaître le badge au nom de Géraldine Troude.

— Vous l'avez signalé aux enquêteurs ?

— Moi non, je n'ai pas autorité. J'étais présente quand ils ont interrogé les deux médecins en charge de M. Decourcy. C'est ce qu'ils ont déclaré. Excusez-moi pour l'autre fois, j'ai été un peu agressive... À cause, surtout, de ce qu'on lit dans le journal du coin...

— Aragon écrivait dans sa jeunesse, « quand je dis "journaliste", je pense toujours "salaud" ». Il n'avait pas vraiment tort, puisque quelque temps plus tard, il en a tiré les conséquences en devenant directeur d'un quotidien. Sincèrement, je n'ai pas bien saisi votre diatribe sur l'histoire que je suis censé vouloir passer sous silence...

Elle dépiaute son sucre de l'enveloppe de papier décorée d'une Alsacienne en coiffe, dans la série des provinces françaises.

— M. Decourcy est un homme charmant. Je l'ai croisé des dizaines de fois : mon fils étudie depuis un an dans le collège de la rue Vertugadin. Tout le monde le respecte. Ce qui lui est arrivé est d'une totale injustice. Il va traîner derrière lui, pour le reste de son temps, la culpabilité d'un meurtre. La plus grave de ses blessures, c'est celle-là, le poids du remords sur chaque seconde. D'un autre côté, je ne supporte pas le ton des articles dont nous abreuvent vos collègues. Avant même de comprendre ce qui s'est réellement déroulé, ils font l'amalgame avec les articles de la loi Sarkozy sur les nomades, applaudissent au renforcement des contrôles, au droit de saisir les véhicules pour la moindre infraction. Pas un d'entre eux n'a eu la simple idée de se rendre au campement, de contacter la famille du mort... Ce n'est pas un chien, même s'il a fait une énorme connerie !

Gabriel ouvre son paquet de cigarettes, en tend une à Géraldine qui l'accepte.

— Admettez qu'il devient beaucoup plus difficile de torcher son papier en dix minutes quand on adopte une pareille multiplicité de points de vue sur un fait divers... C'est devenu une faute de laisser penser au lecteur que la vie est compliquée. Vous avez eu des contacts, vous, avec la famille Cuevas ?

— J'ai soigné le père de Jésus, à l'hôpital, il y a six mois environ. Il s'était coupé un tendon sur une des machines de l'usine de vérandas où il travaille. Je suis arrivée à Corneville depuis le début de l'année dernière, seulement. Avant, je bossais à la maternité de l'hôpital de Granville. On voyait pas mal de femmes roms. Elles venaient des campements d'Avranches, de Villedieu-les-Poêles. Par le biais des mômes, les liens se créent plus facilement qu'à partir de la maladie. Leurs mecs les écrasent, on ne les entend pas souvent. Moi j'ai eu la chance de les écouter pendant des heures... J'ai appris qu'ils sillonnaient le Cotentin depuis plus de deux siècles, qu'ils s'étaient spécialisés dans le travail des métaux... C'est sûrement pour ça qu'on les a raflés dans tout le département, puis parqués dans une mine de fer, à Barenton, pendant la dernière guerre... On leur a tout volé. Une bonne partie d'entre eux n'en est jamais revenue. C'est à cela que je faisais allusion, quand je parlais d'histoire dans la chambre de M. Decourcy. Parce que si c'est vrai, la mine de fer, plus personne n'a le droit de les traiter comme des étrangers.

Le Poulpe écrase de manière insistante son mégot dans le cendrier.

— Il faut que je vous avoue quelque chose, Géraldine...

Elle éclate de rire.

— Que vous n'êtes pas journaliste ?

— Comment vous le savez ? Vous avez fait une enquête...

— Non, je ne me suis pas donné cette peine. J'étais à l'enterrement, lundi, et je vous ai vu repartir dans la voiture d'Andres Cuevas. Quand je suis tombée nez à nez avec vous, au milieu de la chambre de M. Decourcy, je n'ai pas cru un instant à votre couverture de reporter à *Aujourd'hui*. Vous êtes gitan, vous aussi ?

— Pas à ma connaissance... Disons que je l'ai été pendant un mois... Jésus était un très bon copain. Je l'ai rencontré dans un bar des Puces, à Saint-Ouen, il y a un peu plus de deux ans. La semaine d'après, il m'embarquait dans une aventure impossible, le tournage d'une tragédie flamenca, en Andalousie. *Vengo*, de Tony Gatlif. Le plus beau film français de ces dix dernières années. Entièrement dialogué en espagnol. Jésus est somptueux, et moi j'ai un petit rôle pratiquement muet dans deux scènes, celle de la sardinade animée par Las Cigalas de Jérez, puis un plan dans une boîte de nuit des environs de Séville, *El Rey*... Ce sont des moments que l'on n'oublie pas. Cette virée dans les sous-sols du collège ne cadre pas avec le type que j'ai fréquenté...

La petite ville est anesthésiée, occupée à digérer les excès de la nuit. Gabriel se décide à prendre le volant pour gagner la côte. La presqu'île de Saint-Vaast-la-Hougue est frappée par la même léthargie, mais au moins le paysage bouge sous l'effet de la marée. Il se lasse de voir l'eau ballotter les bateaux. Il file sur la pointe de Barfleur, grimpe au sommet du phare de Gatteville d'où il tente de repérer, dans le brouillard, les îles Saint-Marcouf et la baie des Veys. En vain. Il pousse jusqu'au cap Lévy, puis à la recherche d'un vague souvenir d'enfance, le nom d'une colonie de vacances, il traverse le Cotentin de part en part, dépasse Bricquebec, erre dans les rues de Carteret. Aucun des rares passants auxquels il s'adresse n'a le souvenir du manoir qu'il décrit. La nuit tombe alors qu'il marche encore contre le vent sur le chemin des douaniers, à la frontière de la lande et de la plage de sable fin.

Dans la salle à manger des *Louves*, le cuisinier a fait mieux qu'accommoder les restes. Potage aux pointes d'asperges, salade d'avocat aux miettes de langouste, viandes froides aux trois mayonnaises, galettes de pommes de terre et d'oignons au paprika. Pour couronner le tout, Sylvie, la poétesse normande, s'est excusée, préférant manger dans sa chambre. La patronne tend une enveloppe kraft à Gabriel.

— Mme Lediseur avait promis de vous remettre une revue...

Il feuillette le fanzine en dînant, et si son palais est enchanté, ses yeux le sont moins lorsqu'ils tombent sur le nom du cap visité l'après-midi même :

« En pays cotentinais, l'influence nordique, et j'entends par ce mot scandinave, se révèle dans des noms romanisés tel que Londe, Hougue Croute ou Proute que la vague de colonisation venue du nord pousse encore jusqu'à la cité des Abrincatui et même parfois légèrement au-delà. C'est bien assez que, dans le temps passé, des scribes, plus zélés qu'instruits, aient francisé indû-

ment Trezgots en Troisgros, Saint-Paer en Saint-Pois, et introduit dans le nom de ce pauvre cap Levi un membre d'une tribu israélite qui n'avait que faire chez nous. »

En dessert, il commande une « coupe colonel », fait ajouter une mesure de vodka sur le sorbet au citron, pour effacer le malaise.

L'air vif du bord de mer l'a fatigué davantage qu'il ne l'aurait pensé, et Gabriel s'endort au début d'une émission spéciale de « C'est mon choix ». Un cauchemar le réveille : sur l'écran, la présentatrice vedette est entourée de ses propres clones. Il n'y a plus une seule Évelyne Thomas mais deux, trois, quatre... Il se frotte les yeux avant de comprendre que le service public a fait la surprise à son employée d'inviter ses sosies. Sur la zapette, en haut à droite, son pouce écrase l'interrupteur de faisceau. La chimère est aspirée par un point blanc qui scintille une fraction de seconde au centre de l'écran avant de disparaître.

9

Prise de Lang

Il se met en route à neuf heures, après avoir ingurgité un bon demi-litre de café et passé une série de coups de fil qui le font se diriger vers Saint-Lô, au centre de la presqu'île. Il a soigné sa mise, rasé de près, chaussures cirées, costume repassé. Une serviette en cuir est posée sur le siège passager. Les brumes qui montent de la terre, canalisées par les haies, effacent la route en envahissant le moindre creux des vallons. Par deux fois, il doit freiner de toute urgence pour éviter des tracteurs en chemin pour les champs. Le soleil perce à l'approche de la ville, réchauffe les dizaines de chevaux qui s'ébrouent derrière les barrières blanches des enclos. Les quartiers récents de la périphérie laissent la place aux immeubles nés de la reconstruction sur lesquels se dressent les deux tours déchiquetées de l'église Notre-Dame. Il longe la Vire, finit par trouver la rue de Bayeux dont on a oublié de lui préciser qu'elle avait été rebaptisée Maréchal-

Juin. Pas un Saint-Lois ne s'y est fait, et la vieille appellation est la seule à avoir cours.

Il présente à l'accueil des archives départementales de la Manche une attestation à son nom que lui avait bricolée Pedro, trois ans plus tôt, alors qu'il enquêtait sur les relations vert-de-gris d'un académicien français. Gabriel constate que la signature ministérielle de Jack Lang, admirablement imitée il est vrai, conserve encore quelque crédit. Le directeur du service des archives, un géant barbu que l'on imaginerait davantage à la barre d'un voilier, pour une course en solitaire, tient à lui offrir un petit en-cas, avant qu'il ne se mette au travail.

— Si vous m'aviez prévenu plus tôt, j'aurais débroussaillé le terrain... s'excuse-t-il en présentant des boudoirs.

— C'est le hasard d'une conversation qui me conduit ici. Je suis en vacances à Corneville. Pour tout vous dire, je suis chargé de mission au ministère de l'Éducation nationale. Les ministres passent, les fonctionnaires restent. À ma modeste place, j'en ai déjà usé une bonne dizaine. Je fais partie du service qui propose les grands axes de réflexion sur la rédaction des manuels scolaires. Nous étudions actuellement la meilleure manière d'aborder les problèmes des spoliations entraînées par la Seconde Guerre mondiale, après la publication du rapport Mattéoli. Pas plus tard qu'avant-hier, on m'a confié que, non loin d'ici, à Barenton, aurait fonctionné un camp de concentration destiné aux Gitans... Vous possédez des documents, à ce sujet ?

— Camp de rétention, très certainement... Camp de concentration, le terme est un peu fort... On pourrait plutôt parler de camp de regroupement comme il en a existé des dizaines à travers le pays, à partir de 1939... Ici, dans la Manche, c'est resté marginal, cela ne concerne que quelques individus... Une cinquantaine au maximum.

Le Poulpe se lève.

— Je vais jeter un œil à vos trésors, histoire de satisfaire ma curiosité. Et pourquoi vous cacher la vérité : après une semaine entière à Corneville, je tourne en rond. Le démon de la recherche me démange...

Le conservateur lui propose les services d'une stagiaire, ce qu'il s'empresse d'accepter. En moins d'une heure, l'étudiante en histoire à la fac de Caen, qui se prénomme Aurélie, retrouve dans l'océan de paperasse la trace du fonds d'archives de la sous-préfecture d'Avranches dont dépend Barenton.

— C'est une chance, une bonne partie a disparu dans les incendies, lors de l'offensive de la troisième armée du général Patton... À mon avis, vous devriez vous intéresser à la liasse numéro 476...

La cote indiquée correspond à une minuscule chemise déchirée, d'un mauve passé, dans lequel une calligraphie à l'encre noire dévide ses pleins et ses déliés : « *Cité de la Mine. Barenton 1941-42* ». Gabriel l'ouvre sur une douzaine d'actes administratifs tapés à la machine, annotés, paraphés, revêtus de signatures : maire, secrétaire général de la préfecture, président de la commission administrative départementale... Le premier document, daté du 3 avril 1941, porte réquisition « *d'un immeuble appartenant à M. Romain Gaschet, entrepreneur, cité de la Mine (pour l'établissement d'un camp de nomades)* ». Le suivant est rédigé seize mois plus tard, le 16 juillet 1942, jour de la rafle du Vel' d'Hiv, à Paris : « *Le camp comporte 35 nomades, dont 21 enfants. Prévoir leur transfert au camp de Mulsanne (Sarthe), en raison des conditions d'hygiène (manque d'eau).* » Un contrordre, émis le 3 octobre, précise : « *Ordre de les diriger, non vers Mulsanne, mais vers le camp de Montreuil-Bellay (Maine-et-Loire).* » La confirmation que l'ordre fut suivi d'effet est contenue dans le dernier acte, du 12 décembre 1942 : « *Levée de la réquisition de l'immeuble Gaschet.* »

Pendant qu'il photocopie les six feuillets retraçant l'histoire du camp, l'étudiante continue de fouiller les archives sauvegardées de l'arrondissement d'Avranches. Elle agite le double d'une lettre recouverte d'une frappe machine au papier carbone.

— Je ne sais pas si ça peut avoir un rapport avec vos recherches... C'est une notice sur la commune de Barenton pendant l'Occupation dressée par le maire, en 1946, à la demande du commissaire de la République...

Gabriel se retient de l'embrasser. Il se jette avidement sur les deux feuilles de pelure. Il y est largement question des souffrances de la population, des prisonniers de guerre dont la présence manque dans les champs, les scieries, des exactions commises par l'armée d'occupation, de l'esprit de résistance qui animait les citoyens, du dévouement des associations caritatives, des destructions entraînées par les combats... Pas une ligne, pas un mot pour évoquer le camp de la Mine, les enfants gitans obligés de survivre pendant des mois dans des baraquements dépourvus de point d'eau.

— Il n'y a rien d'autre ?

— Dans ce qui est accessible, non... Il existe deux dossiers sensibles, aux cotes Z-182 et Z-240, qui concernent les mesures d'aryanisation des biens juifs, les adjudications forcées et les déportations des personnes. Il risque d'y avoir des choses sur les Gitans, c'est souvent classé ensemble, mais leur consultation est soumise à une autorisation de l'autorité versante, le préfet de la Manche en l'occurrence. Ça ne devrait pas vous poser de problème pour l'obtenir...

— Je note les références, et je demanderai à l'un de mes collaborateurs de revenir ici. Il aura le plaisir de vous rencontrer...

Ses joues s'empourprent sous le compliment. Il s'apprête à sortir de la petite salle quand elle le rattrape, lui tend une fiche cartonnée.

— Si cela peut vous être utile, d'après notre registre, les pièces sur le camp de Barenton ont déjà été consultées en mai 1999, le mercredi 5, pour être précise. J'ai écrit les coordonnées de la personne, c'est un historien local dont j'ai lu les travaux sur le second Empire. J'ignorais qu'il travaillait également sur l'époque contemporaine.

Assis dans sa voiture, la lecture de l'adresse – avenue Lavollé à Tinchebray – fait remonter à la mémoire de Gabriel le souvenir indirect d'André Breton, natif de cette ville industrielle de l'Orne. Cela datait d'un an environ. Gabriel s'était activé toute la journée sur le moteur du Polikarpov, son zinc soviétique rescapé de la guerre d'Espagne, dont il espérait bien un jour faire voler les couleurs républicaines dans le ciel de Barcelone. Il prenait un verre au bar de l'aérodrome en lisant *Nadja*, de Breton, justement, avec le fameux double sens sur le « Qui suis-je ? », en ouverture, qu'il comprenait ainsi : je ne suis plus celui que je suis, puisque que celle que je suis en train de suivre me métamorphose... Un vieil homme s'était approché de lui. Il avait fléchi les genoux pour lire le titre du livre de poche.

— C'est bien ce que je pensais : nous avons au moins deux passions en commun, jeune homme...

Le Poulpe s'était interrompu dans sa lecture.
— C'est bien possible... Lesquelles ?
— Breton, d'abord... Ma modestie dût-elle en souffrir, mais la vérité m'oblige à dire que j'ai été son rédacteur en chef... Au début des années 1950, il me confiait des articles pour *Le Libertaire*... Dans un des plus fameux, je parle du cercle des spécialistes, il écrivait que « le surréalisme s'est pour la première fois reconnu dans le miroir noir de l'anarchisme ». Pas mal tourné, non ?

— Il faut l'admettre. Et le deuxième point commun ?

Il s'était alors tourné vers l'avion de chasse en cours de restauration.

— L'amour des vieux coucous...
— Vous pilotez ?

Il avait haussé les épaules.

— Plus maintenant... J'ai été obligé d'apprendre à tenir le manche à balai, à peu près à la même époque, un peu avant peut-être, fin des années 1940. Moi qui suis un athée de naissance, je me suis découvert une incroyable sensibilité à l'ivresse des cieux ! Avec Aureliano, un responsable anarchiste espagnol, j'avais été chargé d'acheter un petit zinc dans lequel on a aménagé une trappe. On avait le projet de décoller du champ Pattieu, près d'Ustaritz, de survoler le golfe de Gascogne et de larguer une bombe sur la villa d'El Ferrol Del Caudillo, où Franco passait ses vacances. Tout était réglé comme du papier à musique. On a failli réussir, mais le moteur a donné des signes de faiblesse inquiétants à mi-chemin. On est rentrés d'extrême justesse, en rase-mottes. Et comme l'Histoire ne repasse pas les plats, l'occasion ne s'est jamais représentée.

— Il est devenu quoi, votre bombardier ?

— La boucle s'est bouclée : on l'a revendu cinq ans plus tard pour sauver *Le Libertaire* auquel Breton contribuait !

Passé Vire, on sent arriver la Suisse normande qui culminera royalement à 365 mètres au mont Pinçon. On est prié d'apporter son vertige avec soi. Gabriel traverse des forêts de hêtres, de châtaigniers, un paysage de parcelles entourées d'arbustes, parsemé de villages minuscules. Le froid a vidé les rues encaissées de Tinchebray. Il vient se garer près de l'église Saint-Pierre, une construction bâtarde en granit, calcaire et pierre de Caen et va sonner à la porte de l'historien. Un gamin lui ouvre, les oreilles recouvertes par des écouteurs, une télécommande munie d'antennes à la main.

— Je voudrais parler à M. Guy Haurée...

Il se retourne pour hurler.

— Papa, c'est pour toi !

C'est au tour d'un homme d'une quarantaine d'années de se montrer dans le couloir que traverse à pleine vitesse une voiture électrique miniature. Il a soulevé ses lunettes demi-lune sur son front.

— C'est pour quoi ?

— J'arrive des archives départementales de Saint-Lô. J'aimerais que vous me parliez du camp gitan de Barenton... Une conservatrice stagiaire m'a dit que vous vous y intéressiez...

— Entrez... Ce doit être Aurélie. Une élève brillante. Elle est de la région, je l'ai eue en première, au lycée. Vous effectuez des recherches sur ce sujet à titre universitaire ou privé ?

Le Poulpe décide de mettre cartes sur table. Il lui raconte les circonstances de la mort de Jésus, les pesanteurs de Corneville, la défiance vis-à-vis des Roms, la conversation avec l'infirmière de M. Decourcy.

— J'étais vaguement au courant que les Gitans avaient été persécutés. Je ne pouvais pas me douter que l'État français avait ouvert une multitude de camps d'internement, jusque dans d'aussi petites villes. J'ai le sentiment que si les gens de la région l'apprenaient, leur attitude évoluerait.

Guy Haurée ouvre une bouteille de cidre de ferme.

— C'est ce que je pensais encore il y a trois ans, avant de me confronter à cette histoire. Ma période de prédilection, c'est le XIXe siècle, avec une faiblesse pour le second Empire et, si la figure du Gitan est bien présente à cette époque, rien ne me destinait à m'occuper du camp de Barenton. Je pistais un groupe d'ouvriers métallurgistes de Tinchebray qui avaient fondé un syndicat socialiste clandestin. Ils fabriquaient des pièges à loups, à loutres, à rats musqués, des pièges à engrenage pour les sangliers, des pièges à poteaux pour les oiseaux... L'un des membres de leur section a dû s'expatrier à Barenton en 1865 où il est devenu mineur de fer. Je me suis mis à remuer les vieux papiers de la mine Gaschet, et je suis tombé sur le formulaire de réquisition daté du 3 avril 1941.

La voiture de course du môme vient heurter un des pieds de la table, repart en marche arrière vers le couloir.

— Qu'est-ce que vous avez fait ?

L'historien ouvre le classeur qu'il est allé prendre dans sa bibliothèque.

Il prélève une lettre.

— J'ai tout vérifié, recoupé minutieusement les informations, ainsi que mes maîtres me l'ont appris. Cinquante-cinq « nomades », selon la terminologie administrative encore en vigueur aujourd'hui, ont été parqués à Barenton, le 11 avril 1941, sous la surveillance de cinq gendarmes français. Il n'y a jamais eu d'Allemands sur place. La capacité du camp, deux bâtiments en brique, avec un seul point d'eau à près d'un kilomètre, était de quarante personnes. Les directives du gouvernement de Vichy obligeaient les détenus à subvenir à leurs besoins, et ils ont donc été employés aux travaux des champs, pour le bénéfice des paysans du secteur... On possède des listes nominatives des incarcérés. À la Libération, la majeure partie d'entre eux restera introuvable. J'ai écrit une sorte de rapport très documenté que j'ai adressé à l'ensemble des membres du conseil municipal de Barenton, demandant qu'une stèle soit apposée à l'endroit où se dressaient les limites barbelées du camp... J'étais soutenu par le MRAP[1].

---

1. Mouvement contre le racisme et pour l'amitié entre les peuples.

— La mairie a accepté ?

Guy Haurée remplit les verres.

— Vous êtes un indécrottable optimiste, monsieur Lecouvreur ! Ils ont répondu en février 1999 que si, par aventure, un monument voyait le jour, ils refuseraient de l'inclure dans le patrimoine communal...

L'acidité du cidre brut fait grimacer le Poulpe.

— Les fils se sont élevés à la hauteur des pères, c'est ça...

— Sauf que les pères, bien que largement septuagénaires, tiraient toujours les ficelles filiales. Je ne me suis pas découragé... J'ai essayé de taper plus haut, en présentant la même requête au conseil général de la Manche dont j'ignorais qu'il avait été présidé, pendant plus de quarante ans, par des zélateurs du maréchal Pétain, comme Beuglat. Des habitudes qui laissent des traces... Même les élus socialistes ont rejeté ma demande d'aide... Ils m'ont expliqué par la suite, en privé, que c'était une simple faute d'inattention, qu'il ne fallait pas y voir un signe politique. Dans le même temps, ils ont approuvé le vote de subventions importantes pour honorer la mémoire de Charles-François Lebrun, un obscur consul napoléonien dont le seul mérite est d'être né à Saint-Sauveur-Lendelin, dans les limites du département de la Manche ! On n'est jamais trahi que par les siens.

— Vous avez vu quelque chose concernant les Gitans de Corneville ?

— Non, rien. Le seul rapport, c'est que le Beuglat du conseil général était également maire de Corneville pendant l'Occupation. Ça peut sembler un peu mince comme piste, mais ce n'est pas à négliger. C'est souvent en tirant un petit fil qu'on ramène un câble...

Sur le chemin du retour, Gabriel s'arrête *Chez Henry*, une brasserie de Condé-sur-Noireau, pour manger une omelette à l'andouille arrosée d'une Magnétic Pils. Il consulte la liste des Roms regroupés en 1941 au camp de la Mine de Barenton que l'historien lui a laissée. Hutzinger, Demetriolos, Durdeville, Hetarraz... Personne ne répond au nom de Cuevas ou d'Hoffmann, les familles amies de Sauxe-Bocage. Ce qui, tout en le rassurant, lui ferme une porte.

10

Pour qui sonne Beuglat ?

En arrivant à Corneville, l'attention du Poulpe est attirée par un rassemblement surmonté d'une dizaine de pancartes, à l'angle des rues Thiers et Beuglat. Il passe au ralenti devant les manifestants. Son regard accroche les slogans inscrits en noir sur fond blanc, dans la lumière jaune des candélabres : « Tranquillité pour tous », « Halte à l'insécurité ». Il dépose sa voiture sur la place du Viquet-d'Azur, pour revenir à pied vers l'attroupement. Il peut alors s'apercevoir que les mots d'ordre sont signés « SEC », sigle de l'association « Sécurité et Environnement de Corneville » dont le responsable grimpe sur une chaise de café pour haranguer l'auditoire.

— Chers amis. Je tiens tout d'abord à vous remercier d'avoir répondu aussi nombreux à notre appel lancé seulement en fin de matinée, après que nous avons appris que deux nouvelles agressions, perpétrées par de lâches individus, ont frappé notre cité. La première a concerné une retraitée de la rue de l'Écoute-s'il-pleut, la seconde, quelques heures plus tard, un collègue commerçant de la Lande-de-Beaumont. Dans les deux cas, il s'est agi de vol avec violence, sous la menace d'armes blanches. Il y a une dizaine de jours seulement, un cambriolage nocturne, rue Vertugadin, a failli coûter la vie à l'un de nos concitoyens, respecté de tous, je veux parler de M. Decourcy. Ce matin, les gendarmes ont pris en chasse l'équipe de malfaiteurs, mais leur voiture, malheureusement plus puissante que le matériel que l'on alloue aux services de police, a réussi à leur échapper sur la route de l'aérodrome de Malvertus, peu après Sauxe-Bocage. Pas besoin de vous faire un dessin ! Cette pression que certains organisent sur notre ville est intolérable. Notre association, « Sécurité et Environnement de Corneville », a été créée, il y a plus de trois ans, avec pour unique objectif de protéger les personnes et les biens en regard du camp des gens du voyage situé chemin des Marais à Corneville. Pendant ces années, les bons esprits du « droit-de-l'hommisme » nous ont montrés du doigt, rejoints par les angéliques de la pensée soixante-huitarde... Les événements de ces derniers jours prouvent que nous étions dans le vrai. Je suggère que nous nous rendions en cortège de voitures jusqu'à la gendarmerie, rue de la Mégisserie et que, de là, nous

nous dirigeons vers le campement gitan pour exiger sa levée.

La proposition est aussitôt adoptée à l'unanimité, on se congratule.

Gabriel n'attend pas la fin des applaudissements pour mettre le cap sur les caravanes de la famille Cuevas. Deux fourgonnettes de la gendarmerie l'ont précédé. Il s'approche d'Andres qui ne le remarque pas, trop occupé à négocier avec le capitaine.

— Nous sommes installés sur ce terrain depuis presque trois ans. Avant, nous étions à proximité des Rouguettes, sur les étangs de Roudoux... Ici, c'est le champ de plus personne... Le propriétaire nous avait autorisés à parquer nos caravanes quand l'expulsion avait été prononcée. Il est mort depuis, sans laisser d'héritiers. Je ne vois pas comment vous pouvez nous obliger à partir... C'est de l'intimidation. Montrez-moi un papier officiel...

Le militaire lève les yeux au ciel.

— Écoutez, monsieur Cuevas... Il faut vous montrer raisonnable... Une information judiciaire est ouverte pour complicité dans le cambriolage du collège de la rue Vertugadin. Il y a eu tentative d'assassinat, je vous le rappelle au passage. Nous sommes persuadés que votre communauté a porté assistance au fuyard. C'est tout à fait suffisant pour que les autorités vous demandent de vous éloigner d'ici, dans l'intérêt de la sécurité publique. Vous cherchez quoi, à gagner du temps ?

C'est à Casilda de monter au créneau.

— Mon mari vous demande de nous montrer un ordre écrit...

Le gradé ôte son képi, se gratte la tête, puis le réajuste sur son crâne.

— On peut jouer à ce petit jeu pendant longtemps. C'est comme si j'exigeais de voir la lettre du propriétaire de ce terrain... Il est trop facile de faire parler les morts... L'occupation est illégale, et vous devriez nous remercier de l'avoir tolérée aussi longtemps. Je vous conseille de déménager sur le territoire d'une autre commune sans faire d'histoires, sinon je reviens dans les deux jours avec une décision de justice, et je fais passer le message à cinquante kilomètres à la ronde. À vous de choisir.

Il a tout juste le temps de terminer sa phrase que la première voiture de la caravane formée par les troupes de « Sécurité et Environnement de Corneville » quitte la départementale pour s'engager sur le chemin du Marais. Le convoi, une vingtaine de véhicules, suit en klaxonnant. Les manifestants s'arrêtent prudemment à bonne distance. Ils s'extraient des habitacles, sortent les pancartes des coffres avant de se grouper pour scander leurs slogans. Andres s'avance vers eux, seul. Le silence se fait. Il les toise un moment et revient près du capitaine.

— Nous ne partirons jamais sous la pression. Ce ne sont pas les menaces de quelques braillards qui vont nous faire peur. Revenez avec du papier timbré, et nous nous inclinerons devant la loi. En attendant, pas une de ces caravanes ne bougera d'un millimètre. Si quelqu'un vient rôder de trop près, nous saurons lui rappeler ce qu'il en coûte de s'attaquer à une propriété privée !

— Vous ne nous facilitez pas la tâche, monsieur Cuevas. Ces citoyens sont exaspérés par l'insécurité... Il faut les écouter. Les deux agressions de ce matin n'arrangent pas les choses.

Andres laisse retomber ses bras contre son corps, en signe de découragement.

— Il faudra le répéter combien de fois ? Nous n'avons rien à voir, de près ou de loin, avec ces bandits, putain de bon sang ! Personne ici n'a croisé leur voiture, la Saab gris métallisé que vous avez décrite. La seule preuve retenue contre nous, c'est qu'ils se sont enfuis de Corneville par la route de Sauxe-Bocage ! S'ils étaient partis par la déviation de Cherbourg, est-ce que vous expulseriez les entreprises de la zone industrielle d'Armanville ? S'il y en a qui n'ont rien à faire dans le secteur, ce sont ceux qui gesticulent, là-bas...

Le gradé donne la consigne à ses hommes de prendre place dans les fourgons. Accompagné de deux hommes, il parlemente avec l'organisateur de la manifestation et obtient rapidement que ses troupes fassent demi-tour.

Le Poulpe pose son bras sur l'épaule d'Andres.

— Tu as été parfait... Ils n'ont pas le droit de vous virer comme des chiens.

— Tiens, tu étais là... Je ne t'ai pas vu arriver... Ils n'ont pas le droit, sauf qu'ils ont le pouvoir qui permet de s'asseoir dessus. En deux jours, ils ont la possibilité de faire venir assez de dépanneuses pour débarrasser tout ce qu'il y a ici. Nous n'avons rien à gagner à un affrontement. La meilleure solution, c'est de partir demain, de notre propre volonté. Tu manges avec nous ?

— Pas de refus, je n'ai avalé qu'une omelette épaisse comme une crêpe depuis ce matin.

Un représentant de chacune des familles présentes sur l'aire s'est installé autour de la grande table de bois que l'on a poussée près du feu. Il y a les Donaru, les Hoffmann, les Schatnig, les Juerez, les Enescueros et, bien entendu, les Cuevas. Tout en prenant l'apéritif et en piochant dans les tapas, Gabriel les écoute donner leur sentiment sur la situation. Edmond Juerez s'emporte, menace de sortir son fusil de chasse si les gens de la ville s'avisent à revenir lui crier dans les oreilles, Monica Schatnig tente de le raisonner.

— Depuis dix ans, je n'ai pas le souvenir de la moindre altercation avec les gens de Corneville. C'est une mauvaise période à passer, il faut que chacun fasse un effort. Les gendarmes savent très bien que nous n'y sommes pour rien, et cette histoire va se dégonfler, ce n'est pas la peine de jeter de l'huile sur le feu...

Incarna Hoffmann prend la parole à son tour.

— Ce qui nous arrive, c'est ce que nos ancêtres ont toujours vécu, et c'est ce que continueront à vivre nos enfants. Cela fait sept siècles que nous traversons l'Europe dans tous les sens avec nos chevaux et nos roulottes, aujourd'hui dans nos voitures et nos caravanes. Nous n'avons jamais voulu voir les frontières que les différents peuples avaient dressées sur notre route. Je me disais que, maintenant qu'elles s'effacent, les habitants de tous ces pays reconnaîtraient que nous n'avions pas totalement tort... C'était une illusion de vieille femme ! Je suis d'accord avec Andres : on ne peut pas rester ici.

L'un des frères roumains Donaru se concentre pour composer sa phrase.

— D'accord aussi. Mais pour aller où ?
— Chez nous !

Tous les regards se fixent sur Andres, et c'est

à Patrick Enescueros qui n'a encore rien dit d'exprimer le sentiment général.

— On est de partout et de nulle part... Alors, ça veut dire quoi « chez nous » ?

— La *tierra de cuero*. C'est là chez nous, c'est la seule terre qui nous ait appartenu un jour. Ce n'est pas parce qu'on nous l'a volée qu'on doit l'oublier.

Sa femme, Casilda, et Incarna, la mère de Déméter, connaissent une partie de l'histoire de la « terre de cuir ». Il sait que le moment est venu de la livrer, dans son entier, à ceux de son camp.

— La neige recouvre ce qui a été, mais vient un jour où le dégel remet en lumière ce que certains ont voulu cacher. Comme vous, je n'ai pas l'habitude de revenir sur mes pas, pourtant si demain les gendarmes essaient de nous déloger de la *tierra de cuero*, ce que je vais vous confier devra être rendu public, par tous les moyens. Et je compte beaucoup sur toi, Gabriel, pour nous y aider.

Les deux femmes apportent une cocotte en fonte pleine de lentilles au lard dont elles remplissent les assiettes. Gabriel se dévoue pour couper de larges tranches de pain qu'il distribue autour de la table. Andres se lève, remet plusieurs grosses branches dans les flammes, puis il tousse pour capter l'attention.

— Manuel Cuevas, mon grand-père, a eu deux fils. Antonio le projectionniste qui est mort la semaine dernière et Paco, mon père. Manuel travaillait aux tanneries de la rue de l'Abattoir qui a disparu dans les bombardements. Au début, il était simple ouvrier, puis il s'est associé au père d'Incarna qui lui a transmis les secrets de l'alun qui rendent le cuir aussi souple que du caoutchouc. Cette science du traitement des peaux venait de nos ancêtres de Hongrie, et on les a appelés les hongroyeurs. Leur travail était réputé jusqu'à Paris, les représentants de maisons de luxe se déplaçaient jusqu'à Corneville pour acheter des lots. Ils n'ont pas fait fortune, non, mais ils ont gagné plus d'argent qu'ils n'en avaient besoin. Ils ont fait construire de nouvelles roulottes, organisé des fêtes en demandant à des groupes de flamenco de venir jouer pour eux... Après tout cela, il restait encore quelques billets... Ils ont servi, aux alentours de 1920, à acheter un terrain dont personne ne voulait, un peu plus haut, vers le grand hameau Mouchel. Il y avait la place pour disposer à demeure les vingt roulottes du campement, la trentaine de chevaux, la basse-cour, les moutons... Je suis né trop tard pour avoir le moindre souvenir. Mon père me disait que c'était un véritable paradis, avec une source d'eau claire et des rideaux d'arbres qui protégeaient du vent comme du froid. Avec le remembrement, les arbres ont disparu, l'eau est moins abondante, mais c'est encore un endroit de rêve.

Il se lève une nouvelle fois pour allumer sa cigarette à un tison.

— Quand les Allemands ont gagné la guerre, la moitié du pays s'est retrouvée sur les routes, et beaucoup ne nous ont pas pardonné d'avoir été eux-mêmes transformés en Gitans pendant quelques semaines... Ils disaient : « Ce pays n'est pas un terrain vague. Nous ne sommes pas des Bohémiens nés par hasard au bord d'un chemin. » On a enlevé la nationalité française à des centaines de nos frères, puis il a été interdit d'être nomade sous peine de se voir arrêter, mis en prison. Et, comme cela faisait des dizaines d'années que les Cuevas n'avaient pas bougé de la *tierra de cuero*, qu'il était difficile de les traiter de « gens du voyage », il ne restait qu'une chose à faire, prendre leur terre pour les obliger à redevenir un peuple errant...

Monica Schatnig s'insurge.

— Mais il y a des lois ! On ne peut pas faire n'importe quoi...

Le Poulpe se lance dans le débat.

— C'est ce qu'Andres expliquait tout à l'heure ; quand on a tout le pouvoir, les lois, on les change. Promène-toi dans la région, regarde le nombre de blockhaus construits au milieu des champs, les rampes de lancement de fusées, les routes stratégiques, les nids de mitrailleuses... Pour couler ces millions de tonnes de béton dans la nature, il a bien fallu en avoir l'autorisation. Les préfets, les fonctionnaires, les maires ont nourri la machine avec des décrets, des formulaires, de la finasserie administrative. Les propriétaires en titre se soumettaient ou alors leurs biens étaient tout simplement réquisitionnés.

Casilda sert le café directement dans les verres. Andres rompt le silence qui s'est installé autour de la table après l'intervention de Gabriel.

— Nos traces sont emportées par le vent. C'est notre liberté, c'est aussi notre prison... Nous n'avons rien gardé de toute cette histoire, pas un papier, et si Incarna qui a vécu une partie de cette période ne me l'avait pas racontée, elle serait presque perdue...

Il se tourne vers elle.

— C'est à toi de dire le reste...

La vieille femme soulève son châle, s'en couvre la tête.

— Fais-le, Andres, je n'ai pas le courage de prononcer les noms de ceux qui ne sont plus. C'est trop difficile pour moi, tu sais.

Il lui caresse le dessus de la main.

— Oui, je comprends... Au début de l'année 1941, notre terre a été saisie par l'État.

C'est Beuglat, le maire de Corneville dont le nom est sur les plaques de rues, qui a fait toutes les démarches. Quelques mois après, ils se sont subitement rendu compte qu'ils ne pouvaient rien construire à cet endroit. Ils l'ont vendue aux enchères dans l'étude du notaire de la rue des Besaces. C'est tombé dans la poche d'un paysan qui lorgnait sur la source depuis des années. Toute la communauté a été obligée de quitter les lieux, sauf que le vagabondage était interdit. Les plus chanceux, comme Incarna ou la famille Hoffmann qui avait une licence de vendeurs forains, ont réussi à passer au travers des mailles du filet. Manuel Cuevas le hongroyeur, mon grand-père, ainsi que mon grand-oncle Antonio le projectionniste, ont été raflés, envoyés dans des camps... Antonio en est revenu blessé dans son cœur, dans son âme. Il s'est éloigné de nous. On a attendu Manuel jusqu'à la date où le dernier Gitan a été libéré des barbelés mis en place par le gouvernement français, en 1946. Sa trace se perd à Montreuil-Bellay. On a enterré ses affaires, son accordéon, dans la *tierra de cuero*. C'est pour tout ça que nous irons nous installer là-bas dès demain matin.

11

Un journal très occupé

En rentrant à l'hôtel, Gabriel trouve deux messages d'Alma dans son casier, avec un numéro de téléphone auquel il peut appeler jusqu'à deux heures du matin. Parvenu dans sa chambre, il le compose, après avoir vérifié, par acquit de conscience, qu'il correspond à celui d'*El Rey*, la boîte sévillane.

— ¡ *Oiga !*... ¿ *Esta aquí la señora Alma Hoffmann ?*

— *Momento*...

Il a vu cent fois le barman poser le récepteur sur le comptoir, le temps de remplir les verres de dix commandes, oubliant apparemment que quelqu'un s'impatientait au bout du fil. Trois minutes plus tard, averti par l'un des serveurs, le correspondant venait s'accouder au bar pour se plaquer la banane de plastique sur l'oreille. La voix puissante du chanteur Manolo Carracol, ses plaintes, lui parviennent au milieu du brouhaha, puis le timbre légèrement rauque d'Alma s'impose à tout ce monde qui lui vient de là-bas.

— C'est toi, Gabriel ?

Il frissonne.

— Oui Alma, c'est moi...

— Comment tu as su que je n'allais pas à Berlin ?

— Il suffit de te regarder dans les yeux : quand tu mens, tu devrais porter des lunettes, tes pupilles deviennent plus claires, presque grises. La couleur exacte qu'elles ont quand tu fais l'amour.

— Ce ne sont pas des choses que l'on dit à une femme mariée, ça pourrait laisser supposer des choses... Justement, le voilà.

Elle change de ton pour conclure.

— Ne quittez pas, monsieur Lecouvreur. Je vous passe mon mari, Déméter...

Le Poulpe décide de prendre l'initiative.

— Bonsoir, je suis l'ami de Jésus et d'Andres, celui à qui vous deviez remettre l'enveloppe, toi et le vieux aux cheveux blancs, dans le restaurant de la Bastille. J'ai pu recouper toutes sortes d'informations qui démontrent que tu étais embarqué avec Jésus dans le coup foireux de la rue Vertugadin.

— C'est toi qui le dis... Je suis le meilleur pote de Jésus, c'est tout.

— On n'est pas là pour dresser un hit-parade,

Déméter. Je le dis parce que c'est comme ça que ça s'est passé. Cet après-midi, tout un groupe de hyènes est venu jusqu'au campement de Sauxe-Bocage pour contraindre ta famille à quitter les lieux. Les gendarmes étaient là, eux aussi. Demain, il faudra accrocher les caravanes et partir. C'est la seule solution, dans l'immédiat. Si tu as la conscience totalement tranquille, saute dans un avion, viens donner un coup de main à la vieille Incarna, elle en a bien besoin...

Il ne répond pas, Gabriel n'entend que son souffle.

— Parle de moi au patron d'*El Rey*, à Paquito, à José, à la Japonaise, celle qui pleure sur Tokyo... Ils te diront qui je suis. Je ne cherche pas à compliquer la situation. Écoute, personne n'arrive à comprendre ce que Jésus pouvait bien goupiller dans ce collège. Ni son père, ni le type qu'il a blessé, ni les gendarmes... Un vrai mystère. Ils vont boucler l'enquête sans apporter d'explications, et tout ce qu'on retiendra d'un musicien génial, c'est que c'était une petite frappe à deux sous... C'était vraiment ça, notre pote ?

— Prendre l'avion, il faut pas y compter... Je reste ici... Sinon, dès que j'arrive, je suis bon pour les bracelets, même si j'ai rien fait. Je supporterai pas de retourner derrière les barreaux, ce serait un coup à faire une vraie connerie... Il m'a rien dit sur l'école... Je suis resté dehors pour surveiller. J'en sais pas plus que toi... Il a passé au moins trois heures avec son oncle, Antonio, après on est allés piquer des huîtres. Il pleuvait à pleins seaux. C'est pendant qu'on revenait vers le campement qu'il m'a branché sur le coup... Attends un peu...

Gabriel entend un échange en espagnol, des rires.

— Je te crois, Déméter, mais on ne plonge pas sur un cambriolage sans demander un minimum de garanties. Tu ne vas pas me dire que vous n'avez pas échangé quelques paroles en vous rendant sur place... Il avait obligatoirement quelque chose en tête... Essaye de te souvenir, de reconstituer votre parcours...

— J'avais sérieusement kiffé ce soir-là, pas mal bu aussi... On est allés garer la Safrane place du Viquet-d'Azur. J'aurais préféré qu'on se mette juste en face, entre deux baraques de chantier, mais Jésus n'a pas voulu. C'est pas très loin, il n'y a que deux ou trois rues à traverser, on est tout de suite au collège. Il savait ce qu'il avait à faire, parce qu'il a foncé directement sur la maison en ruine. Je l'ai aidé à grimper par la fenêtre du premier... C'est tout... Je n'ai même pas entendu le coup de feu. Je l'ai récupéré en sang dans le caniveau, vingt minutes plus tard, et je l'ai installé à l'arrière de la voiture... Il était presque mort... Quand on marchait vers l'école, il m'a juste dit un truc à propos de son grand-oncle, Antonio qu'on appelait La Bolée, mais ça n'a rien à voir... Une connerie...

La musique, autour, est montée d'un cran. Le Poulpe grimace en tendant l'oreille.

— Dis toujours. C'était quoi ?

— J'avais pris une cigarette dans mon paquet, j'allais l'allumer, et il me l'a fait sauter de la bouche : « C'est pas le moment, tu vas nous faire repérer ! » Sur le coup, ça m'a vexé. Je lui ai lancé qu'il pouvait y aller tout seul, à son bizness. Il s'est arrêté, m'a pris par le col et m'a répondu en me regardant droit dans les yeux : « C'est le bizness de toute la tribu, Déméter... Le vieil Antonio, il a passé un an là-dedans, il a laissé quelque chose pour nous... »

Gabriel s'est saisi d'un calepin pour noter les propos exacts de Déméter.

— Tu es sûr de ça ?

— Certain. Presque mot pour mot. J'ai éclaté de rire, Jésus a suivi le mouvement. Je vois mal comment quelqu'un de chez nous aurait pu aller à l'école chez les Frères, au prix où c'est. Déjà que la communale, c'était au mieux du mi-temps...

— Tu as compris quoi alors ?

— Qu'Antonio avait caché son magot dans le bâtiment, ça crève les yeux... Il vivait seul, sans enfants. Il a tout filé à Jésus avant de mourir, sa maison, ses meubles, c'est logique qu'il lui ait aussi indiqué sa planque... Il va falloir que je raccroche, il y a du monde qui a besoin du téléphone... Si tu vois Incarna, dis-lui que je pense bien à elle...

Le lendemain matin, Gabriel est le premier à se présenter dans la salle pour prendre son déjeuner. Il avale un croissant, une tartine beurrée demi-sel, en jetant un regard encore ensommeillé au journal local. La page réservée à Corneville est presque entièrement consacrée aux deux agressions perpétrées la veille. Papier d'ambiance, interviews des victimes, plan de la poursuite engagée par les gendarmes... Une photo légendée de la manifestation organisée par l'association « SEC » clôt le dossier, sans qu'il soit mentionné qu'un cortège s'est rendu au campement gitan. L'autre information s'intitule « *Statue de la mémoire* ». Il le survole en refermant le quotidien, mais un nom, celui de l'ancien maire Ernest Beuglat, retient son attention. Il se force à le lire.

« *Au cours de sa dernière réunion de l'année 2002, le conseil municipal de Corneville a décidé d'allouer une somme supplémentaire de 10 000 euros (environ 66 000 francs) pour finali-*

ser les études préliminaires à la création d'une sculpture à la mémoire d'Ernest Beuglat, maire de la commune de 1946 à 1973, dont on commémorera l'an prochain le trentième anniversaire de sa disparition. La sculpture sera érigée devant la bibliothèque municipale qui perpétue son nom. Cette œuvre, selon les mots du maire actuel, son ami Hervé Fleury, devra présenter un intérêt à la fois historique et artistique mais aussi pédagogique, auprès des jeunes générations de la région. Les esquisses des quatre artistes finalistes seront exposées demain samedi, ainsi que le dimanche 5 janvier 2003 dans le hall de la mairie, exceptionnellement ouverte à cette occasion. »

Dehors, la température a fortement chuté, le ciel bas donne à l'air la couleur minérale des façades. Gabriel remonte le col de sa veste, enfouit ses mains dans ses poches de pantalon et traverse la ville à la recherche de la rue des Besaces. Il la trouve près d'un grand parc du centre-ville orné d'un panneau « Chasse interdite ». Deux plaques de cuivre détaillent des titres d'avocats, des horaires de réception, la troisième, sur le mur d'un petit hôtel particulier, brille à la droite d'une porte massive. On peut y lire : « M. Léon Decazeau, docteur en droit, notaire, successeur de Maîtres Croix-Varin et Beaurepaire ». Il s'aventure dans le parc, grimpe les marches du perron. La pièce dans laquelle il entre est occupée pour l'essentiel par un imposant escalier. Un homme est assis, à droite des marches, devant une série de dossiers dont il extrait des documents. Il s'en approche.

— Bonjour. Il est possible de vous demander un renseignement ?

L'employé de l'étude lève vers le Poulpe un regard aimable.

— Si j'ai la réponse, ce sera avec plaisir.

— Un ami habitant les alentours de Corneville m'a chargé de travailler sur son arbre généalogique... Que les choses soient claires, je ne suis qu'un amateur passionné par les vieux papiers, la reconstitution des épopées familiales. C'est un tel bonheur quand on s'aperçoit qu'un ancêtre a pu côtoyer les grands de ce monde... Il aimerait également savoir de quelle manière les biens se sont transmis d'une génération à l'autre, comment le patrimoine familial s'est scindé, comment aussi, à la faveur des unions, il a pu se reconstituer... L'étude qui s'occupait de ses ascendants se situait ici, rue des Besaces. Je pense qu'il n'y en a qu'une...

— Oui, elle est ouverte depuis plus de deux siècles, et maître Decazeau en est l'héritier... Vous travaillez sur quelle époque ?

— J'ai résolu la grande majorité des problèmes grâce aux archives familiales. Il me manque les transactions concernant de vastes terrains agricoles du secteur de Sauxe-Bocage, dans les années trente et quarante...

L'homme referme un dossier, tire sur la sangle et éternue bruyamment.

— On a beau passer l'aspirateur, il reste toujours de la poussière... Vous pouvez préciser le siècle, s'il vous plaît ?

Le Poulpe bafouille.

— Celui-ci... Enfin, celui juste avant, le vingtième...

— Je suis désolé, mais vous ne trouverez pas votre bonheur ici. Dix-huit ou dix-neuvième, c'était jouable : les documents étaient archivés dans les annexes qui ont été épargnées par les bombardements de juin 1944. Il ne reste rien de la mémoire des transmissions pour la période 1900 à 1944, tout était classé dans cette partie de l'étude qui a été détruite par une bombe incendiaire. On a refait des papiers de propriété à la Libération, mais ils sont forcément lacunaires. Si vos amis n'ont pas conservé leurs originaux, j'ai bien peur que vous ne deviez abandonner l'espoir de les satisfaire. Ce serait indiscret de vous demander leur nom ?

— Pas du tout. Cuevas. Et leurs prénoms, c'est Manuel, Antonio, Andres et Jésus.

Le type, en face de lui, ne réagit pas plus à l'énumération que si le Poulpe avait dit « Hauteville, Gaston, Paul, Édouard... ». En traversant le parc, il s'en veut de s'être laissé aller à la provocation. Il longe le Merdelet, les vestiges de moulins à foulon. Près d'un square, un escalier le ramène à proximité du cœur de la cité. La bibliothèque Ernest-Beuglat a installé ses rayonnages derrière les arcades des anciennes halles. Il entre, laisse la section enfantine sur sa gauche, ignore les rangées de romans pour fureter dans les étagères chargées d'ouvrages historiques et régionaux. À l'issue d'une heure de fouille minutieuse, il lui apparaît évident que le souffle des bombardements a fait du vide dans les têtes des historiens du coin. Si l'on peut suivre, jour après jour, les tribulations d'Avice de Sortoville, châtelain du Quesnay, élu député de la noblesse aux États Généraux en 1789, pas un volume sur l'action de la municipalité pendant l'Occupation, pas un mot sur les réquisitions ou la déportation des familles gitanes de Corneville. Il s'approche d'un jeune homme qui surveille la salle tout en dépouillant une pile de *Livre-Hebdo*.

— Pardon... J'ai regardé en détail votre fonds sur l'histoire locale. Est-ce que vous auriez autre chose en réserve ?

— Presque tout est en consultation ou en prêt... Vous cherchez quel type de documents ?

— Je m'intéresse à ce qui touche à la Seconde Guerre mondiale... Vous êtes outillé. Il y a des dizaines de livres sur la construction du mur de l'Atlantique, bunker par bunker. À propos du débarquement, des combats de la Libération, des destructions, c'est exhaustif. Par contre, j'ai du mal à trouver ne serait-ce qu'un article traitant de la période de l'Occupation à Corneville.

— C'est que personne ne s'est vraiment penché sur le sujet. Il n'a pas dû se passer grand-chose ici, avant juin 44.

Gabriel croit détecter de l'ironie dans la réponse du bibliothécaire. Il se penche vers lui.

— Vous n'auriez pas une collection des vieux numéros de *La Presse de la Manche* ou d'autres journaux régionaux...

— *La Presse de la Manche* n'existait pas encore, ça s'appelait *Cherbourg Éclair*, à l'époque. Ils ont été obligés de changer de nom à la Libération. Je pense que la bibliothèque centrale de Cherbourg devrait avoir microfilmé tous les numéros. Ils ont plus de moyens. Je peux vérifier au téléphone, si vous voulez...

Le temps de l'échange, le Poulpe se tourne vers le présentoir rempli de brochures du syndicat d'initiative. Il y a bien sûr l'annonce de l'exposition des esquisses du futur monument Beuglat, ainsi qu'une série de fiches cartonnées qui présentent les visites-conférences proposées pour l'année qui vient de débuter : « Petites chapelles oubliées de Corneville », « Balade du patrimoine : les vitraux rescapés », « La communauté des sœurs bénédictines », « Sur les traces des drakkars », « La guerre de Cent Ans dans le clos du Cotentin »...

Des enluminures, de la myrrhe, de l'encens, des ors, autour du passé mort, pour que ses couleurs étouffent le souvenir de celui qui vit encore en nous. Le Poulpe repense à Andres, à l'effort qu'il a fait sur lui-même, le soir précédent, pour nommer les choses, les gens, faire revivre ceux qui ont précédé, alors que les Roms existent par ce qu'ils ne dévoilent pas. Que leur résistance, pendant des siècles, s'est appuyée sur la mémoire du silence, en effaçant les traces pour être insaisissables, et non pour oublier.

— Vous avez le choix, à Cherbourg. Ils disposent des séries pratiquement complètes de *Cherbourg Éclair*, du *Réveil de la Manche*, de l'*Avranchin* et du *Journal de Corneville*. Je ne savais même pas que ça existait.

— Vous devriez demander qu'ils vous en passent une copie, je suis certain que beaucoup d'autres personnes seraient contentes de retrouver des souvenirs de famille...

— Revoir tonton en casque à pointe ou mémé tondue, c'est pas le genre de la maison... On m'a posé là pour surveiller, empêcher le chahut, point barre, aider les usagers. N'importe comment, je ne vais pas faire de zèle : je suis emploi-jeune et mon contrat se termine dans deux mois...

La médiathèque de Cherbourg, un bâtiment moderne du centre-ville élevé lui aussi sur l'emplacement des anciennes halles, à une encablure des bassins, porte le nom de Jacques Prévert qui a terminé sa vie à quelques kilomètres de là. Gabriel traverse une salle qui accueille une exposition de manuscrits anciens, de la calligraphie sur feuilles de palmier. On l'installe devant un appareil de lecture avec, posées à sa droite, trois cassettes de microfilms. Il sort son calepin où sont consignés les propos de Déméter, au bar d'*El Rey*, afin de pouvoir y noter les cotes des documents à photocopier. Les titres de *Cherbourg Éclair* défilent rapidement sur l'écran : « *Londres attaqué sans répit* », « *La RAF s'en prend à l'hôpital de Lorient* », « *Le statut des juifs est promulgué* », « *Offensive victorieuse sur Kharkov* ». Il s'arrête sur un article de Mercédès Para intitulé « *Le chancre juif* » en date du 2 juin 1942 : « *En Normandie, où le juif sévissait relativement peu, on se rend mal compte de sa nocivité. Il ne nous semble pas inutile de jeter quelques lueurs sur le mal que cette race maudite a fait à la France, au cours de son histoire...* » L'éditorialiste ne mentionne pas l'existence du cap Lévy, dénomination contre laquelle s'élevait Lediseur, le tonton de la poétesse avec laquelle il a passé le réveillon. Il revient ensuite au début du bobineau pour se caler sur les pages locales. Ernest Beuglat, député-maire de Corneville de 1946 à sa mort, en 1974, joue déjà les premiers rôles en 1941, comme Gabriel le constate en prenant connaissance du compte rendu du conseil municipal du 18 mars de cette année-là : « *Le conseil municipal s'est réuni sous la présidence de M. Ernest Beuglat, maire, le 18 mars 1941 à 17 heures...* »

Suit l'énumération des membres du conseil et leurs différentes attributions. La décision inaugurale, adoptée à l'unanimité, se présente ainsi : « *M. le Maire propose au conseil d'adresser un message de reconnaissance et de fidélité au maréchal Pétain et de donner son nom à une place ou une rue de la ville. Ces deux propositions sont adoptées d'enthousiasme. Un texte sera rédigé en fin de séance pour la première et, sur la demande de M. Beuglat, la place de la mairie portera désormais le nom du maréchal Pétain.* »

En fin de séance, comme promis, « *Le conseil municipal de Corneville, récemment nommé, réuni le 18 mars, adresse au maréchal Pétain l'expression de sa respectueuse admiration et l'assure de contribuer, par tous les moyens en son pouvoir, à l'œuvre de redressement national entreprise par le chef de l'État* ».

Gabriel note aussi les dates, la pagination, de diverses adresses à la population signées de celui qui, pour des raisons pédagogiques à l'usage des jeunes générations, ne sera officiellement maire que cinq ans plus tard. Il s'agit de punir les auteurs de graffitis gaullistes, de supprimer les références à la République et sa devise, d'aider à la réquisition des biens juifs afin de les aryaniser, comme le cabinet d'avocat de la rue Baltard. Cette dernière information, qui voisine avec celle de la restitution de la grotte miraculeuse de Lourdes à l'Église, lui donne l'idée de dépouiller les pages d'annonces légales. Il trouve son bonheur dans celles du *Journal de Corneville*, dont il est spécifié qu'il fut interdit de parution à la Libération. Son adresse n'est autre que la rue Vertugadin où Jésus a trouvé la mort. Un encadré attire son regard : « *Étude de Maîtres Croix-Varin et Beaurepaire, notaires à Corneville, rue des Besaces. Vente par licitation de diverses pièces de terre, situées commune de Bonnetvast, lieu de Graville et environs.* » Une partie de l'activité du cabinet repris par maître Decazeau, est visible là, par bribes, comme un défi aux bombes qui ont détruit les archives. Les champs, les maisons, les meubles de ceux qui ont pris le chemin sans retour de Drancy ou de Montreuil-Bellay sont mis à l'encan. Un dentiste, un professeur, une épicière, un cantonnier, une sage-femme... La chronique en pointillés du vol et de l'assassinat institutionnels. La trace de la *tierra de cuero* apparaît au milieu des annonces légales de mars 1941 : « *Désignation des immeubles à vendre sur réquisition, troisième lot dit Cuevas. Une pièce de terre en herbage planté, cadastrée section D sous les numéros A 37-4 et A 38-4, pour une contenance de 97 ares 20, bornée par le chemin des Tourelles et le chemin d'exploitation du Mouchel. Source au nord-ouest. Mise à prix : 5 000 francs.* »

Trois heures plus tard, il s'use toujours les yeux sur l'écran lumineux. Il est près d'abandonner par lassitude, par écœurement, quand un nouvel avis à la population émis par le maire Ernest Beuglat lui saute à la figure. Il ne sait pas encore ce que Jésus venait chercher dans les sous-sols du collège de la rue Vertugadin, mais il est maintenant persuadé qu'il allait simplement reprendre ce qu'on avait soustrait aux siens.

12

Happening à Corneville

En revenant de Cherbourg, Gabriel tourne à gauche sur Druffosville, traverse la forêt de l'Hermitage pour rejoindre Sauxe-Bocage par la route des étangs. Une poule faisane frôle le pare-brise en prenant son envol. Il passe devant l'épicerie-tabac où flotte le souvenir d'Alma, celui du satin dans sa main, les notes éparses de la chanson de Pépa. Le terrain près du hameau des Marais est délaissé, ne restent que les traces des pneus dans la boue, l'herbe jaunie à l'emplacement des caravanes, quelques fils tendus qui supportaient le linge, des ordures entassées dans des sacs, des cartons, les cendres froides d'un feu. Seul, il ne sait pas se diriger dans le labyrinthe des chemins encaissés de campagne, et il renonce à partir à la recherche de la *tierra de cuero*.

La patronne de l'*Hôtel des Louves* lui remet un message, en même temps que ses clefs.

— On a demandé plusieurs fois après vous. Un homme. Mais il n'a pas voulu dire qui il était... Il y a eu un coup de fil aussi, j'ai noté la commission...

Le Poulpe déplie le papier en grimpant les escaliers : « *Je te souhaite une bonne année 2004, si on ne se revoit pas avant. Cheryl.* » Il la rappelle sitôt arrivé dans sa chambre pour entendre une nouvelle fois la mélodie sucrée de Marilyn. Il raccroche avant le bip, puis descend manger, seul dans un angle, tandis que les membres de l'Association des fermes fortifiées du pays de Bec tiennent leur assemblée générale sous la forme d'un repas à thème. On ripaille, on s'esbaudit, le président se lève pour un discours qu'il emprunte à Rabelais :

— Hohohoho que je suis aise, buvons, ho, laissons toute mélancolie, apporte du meilleur, rince les verres, boute la nappe, chasse les chiens, souffle ce feu, allume cette chandelle, ferme cette porte...

Le serveur, en posant devant lui une Alauna blonde en guise de dessert, avertit Gabriel qu'on le réclame au téléphone. Il s'enferme dans la cabine et reconnaît aussitôt le phrasé fatigué d'Andres.

— Salut... J'ai essayé de te joindre toute la journée... On s'est mis à l'abri.

— Oui, j'ai vu ça en fin d'après-midi... Ils ne risquent pas de venir vous virer rapidement ? Vous avez combien de temps devant vous ?

Il l'entend soupirer.

— Avec leurs nouvelles lois, les flics peuvent faire ce qu'ils veulent, piquer nos voitures, nos permis de conduire, nos carnets de circulation, nous mettre en garde à vue pour occupation illégale du domaine public ou privé... C'est reparti cinquante ans en arrière. On est tolérés sur les terrains municipaux aménagés, sauf qu'il n'y en a pas. Normalement, on dispose d'un répit de deux jours pleins qu'on va mettre à profit pour s'organiser. Demain matin, on enlève les roues des caravanes, on les met sur cales, on barricade les chemins d'accès... Tu as pu avancer de ton côté ?

— À fond...

Toute trace de lassitude s'efface aussitôt de la voix d'Andres.

— C'est-à-dire ? Qu'est-ce que tu as trouvé ?

— Je te raconterai mes découvertes demain matin, en face à face. Tu peux demander à quelqu'un de venir me chercher à l'hôtel assez tôt pour me guider jusqu'à la *tierra de cuero* ? Je parle la langue, j'ai le numéro de cadastre, une boussole, mais je ne saurais pas y aller tout seul.

Au matin, quand Gabriel ouvre les volets, un ciel cotonneux enveloppe les façades minérales de Corneville. L'un des frères Dounaru, chaussures bicolores, costume fripé, col de veste relevé, chapeau noir et barbe drue, fume une cigarette dans la rue en faisant les cent pas. Il lève la main vers la fenêtre. Son sourire étire sa moustache. Gabriel se penche.

— Ne reste pas là... Entre te mettre au chaud, j'arrive...

Il commande un café qu'il boit en s'habillant.

Dès la sortie de la ville, la neige se met à tomber, de gros flocons qui s'écrasent sur la carrosserie de la Mercedes, s'accrochent à l'herbe des bas-côtés, sont portés par le vent au creux des sillons. Une fanfare yougoslave s'époumone dans l'autoradio poussé à fond de volume. Le Roumain ne juge pas nécessaire de ralentir pour s'engager dans un chemin de traverse. La voiture tangue, glisse, jusqu'à ce que les pneus se placent dans le rail des ornières. Gabriel identifie une ferme qu'ils avaient dépassée le jour de son arrivée, pour l'enterrement clandestin d'Antonio.

Cinq minutes plus tard, Dounaru se range près du four à briques. Andres vient à leur rencontre. Il prend Gabriel par l'épaule, lui fait visiter le campement.

— Presque toutes les caravanes sont posées par terre. Il faut des engins de levage pour les déplacer, je leur souhaite bon courage s'ils décident de nous expulser d'ici. En plus, il suffit d'abattre une douzaine d'arbres pour leur interdire le passage... J'ai mal dormi cette nuit, je n'ai pas arrêté de penser à ce que tu n'as pas voulu me dire au téléphone... Alors ?

Ils s'installent devant un café dans sa caravane. Le Poulpe sort de sa poche une liasse de papiers pliée en quatre.

— Toute l'histoire de ce champ est résumée avec ces dix photocopies... Au début de l'année 41, le ministre de l'Intérieur du gouvernement de Vichy a insisté auprès des préfets pour que les nomades soient assignés à résidence. Des dizaines de camps ont été créés à travers tout le territoire, comme à Barenton, avec l'aval des autorités locales nommées par Pétain. Tout ce que possédaient les familles a été raflé par les voisins, comme les chevaux ou les roulottes, les outils, le matériel de cuisine. Dans les rares cas où les biens étaient plus importants, ils ont fait jouer les mécanismes de réquisition qui s'appliquaient principalement aux juifs. Les terrains, les commerces, les immeubles, étaient mis en vente aux enchères. Ici, à Corneville, tout est passé entre les mains des notaires de la rue des Besaces, Croix-Varin et Beaurepaire. Leurs archives ont brûlé, mais, comme rien n'est parfait en ce bas monde, le *Journal de Corneville* garde la trace du méfait. La *tierra de cuero* de ton grand-père Manuel Cuevas a été mise à prix pour cinq mille francs, en mars de cette année-là. On pourra aller demander aux propriétaires actuels d'ouvrir leurs dossiers... Si les gendarmes tentent quoi que ce soit, il faudra qu'ils expliquent exactement pourquoi ils s'alignent sur la spoliation dont vous avez été victimes...

Andres verse un peu de calva au fond des tasses.

— Et pour Jésus, tu as avancé un peu ?
— Oui, il y a un début de piste... J'ai encore besoin d'un petit peu de temps avant de t'en parler. Avant, il faudrait que je tape un texte sur ordinateur, que j'en fasse quelques tirages et que je scanne les avis à la population. Ensuite, en début d'après-midi, ce serait impeccable qu'on puisse descendre à une bonne quinzaine à Corneville.

— Pas de problème pour ta paperasse. Il y a tout une batterie de ces machines chez les Schatnig : leur premier fils est un as de l'informatique. Il correspond avec des Roms de tous les pays, il paraît qu'il y en a jusqu'au Japon ! Il me bassine depuis des semaines pour faire un site internet sur la communauté... D'après lui, on va arrêter de bouger et se contenter de surfer !

Dans le mobil-home familial, la chambre minuscule de Ringo Schatnig, un adolescent efflanqué, la narine droite ornée d'un brillant, les sourcils percés de flèches minuscules, est occupée pour moitié par les écrans, les claviers, les périphériques. Un quart d'heure lui suffit pour réaliser le travail demandé par Gabriel. Comble du luxe, il tire même plusieurs jeux complets sur papier adhésif.

Absorbées par l'installation du campement, son système de défense, Casilda et Incarna n'ont pas eu le temps de préparer à manger. On se contente de pain et de charcuterie, de sardines, de fromage, debout autour de la table sous la toile qu'il faut secouer de temps à autre pour la débarrasser de la neige qui a recouvert le paysage. Bien qu'Andres ne pense pas à l'imminence d'une descente des gendarmes, il préfère que le groupe prévu pour aller à Corneville soit réduit à une dizaine d'hommes qui s'entassent dans deux véhicules.

Quinze heures sonnent au clocher de l'église Saint-Malo, quand ils viennent stationner près du monument aux morts, face à l'hôtel de ville. En un clin d'œil, les frères Dounaru, Patrick Enescueros, les fils Jérez, se dirigent vers les plaques de rue, et la place enneigée de la mairie se transforme immédiatement en « Place du maréchal-Pétain ». Le maire, Henri Fleury, laisse planer un silence au cœur de son discours à leur entrée dans le hall. Un murmure parcourt l'assistance qui se presse devant les panneaux où sont exposés les différents projets de la sculpture en hommage à son prédécesseur, Ernest Beuglat. Le premier magistrat reprend sa lecture :

— Tout comme mon camarade Beuglat, j'ai eu l'honneur d'être distingué par l'attribution de la Légion d'honneur et, devant les grands ancêtres, moi qui n'ai connu la guerre qu'enfant, j'ai ce sentiment d'avoir fait si peu de chose, de ne la mériter qu'à demi... Aujourd'hui il est de notre devoir que les jeunes générations n'oublient pas ce qui s'est passé il y a soixante ans, les faits et les gestes de ceux qui ont versé dans l'odieux de la trahison, et l'exemple légué par ceux qui ont su rester dignes. Ernest Beuglat était de ces soldats de l'an quarante qui ont échappé à la captivité et qui ont su, à leur place, continuer à œuvrer pour que la France continue à vivre dans les cœurs...

Gabriel ne supporte pas d'en entendre davantage. Il laisse les plus jeunes faire le tour des présents pour leur remettre un fac-similé des différentes résolutions du conseil municipal, les vœux de Beuglat au Maréchal, les preuves de la mise en œuvre par son administration du statut des juifs, de l'organisation quotidienne de la sujétion, du perfectionnement méthodique de la machine à exclure. Accompagné par les frères Dounaru, il sort de l'hôtel de ville, se penche vers Andres.

— C'est le moment d'y aller. Tu te sens prêt ?

Le père de Jésus pose la main sur son bras.

— Je ne sais plus trop... J'ai peur de craquer. Tu crois vraiment que je dois être présent ?

— J'ai vraiment conscience que ce que je te demande est très difficile, Andres... Je serais comme toi, dans la même situation... J'ai cherché pour trouver une autre solution... Il n'en existe pas. Si on veut qu'il accepte de nous accompagner, il faut absolument que tu sois là, il ne pourra pas refuser à un père de venir voir le lieu où son fils est mort.

Gabriel se perd dans les petites rues du centre-ville. Il se retrouvent sur la place du Viquet-d'Azur, piquent sur la rue de l'Officialité que deux cantonniers s'activent à sabler, pour déboucher au coin du musée en travaux, face à l'entrée du collège.

— Tout est fermé de ce côté, à cause des vacances scolaires. L'autre accès est un peu plus loin, à cent mètres, au croisement de la rue des Processions. Faites gaffe, c'est verglacé...

Les trois hommes mettent leurs pas dans ceux de Gabriel. La grille est ouverte sur une cour dont les graviers disparaissent sous la couche de neige. Un pavillon de deux étages s'appuie sur l'arrière de l'ancien couvent. Le maillage d'une vigne vierge occupe la façade, emprisonne les volets percés à la parisienne. Les deux Roumains restent dans la rue tandis qu'Andres et Gabriel grimpent les marches du perron, entre des alignements de pots de terre et leurs plantations d'hiver. Gabriel s'apprête à sonner quand la porte s'ouvre. Une femme d'une quarantaine d'années vêtue d'un manteau, l'anse d'un panier d'osier au creux du bras, se fige devant eux, observe les deux hommes. Une certaine inquiétude est perceptible sur ses traits.

— J'allais sortir... Qu'est-ce que vous voulez ?

— Je m'appelle Gabriel Lecouvreur, je suis journaliste à *Aujourd'hui*... J'ai rencontré M. Decourcy, il y a quelques jours, dans sa chambre, à l'hôpital... Il doit se souvenir de moi. J'ai des choses très importantes à lui dire. Vous pouvez le prévenir ?

— Il vient à peine de se lever... Il faisait la sieste...

Elle ne bouge pas, indécise, mais une voix l'oblige à se retourner.

— Qu'est-ce que c'est, Lisa ? C'est pour moi ?

— Oui, le journaliste que tu as déjà vu à l'hôpital...

La voix s'est rapprochée.

— Fais-le entrer dans la cuisine, j'arrive... N'oublie surtout pas de me rapporter des pastilles pour la gorge, je commence à tousser...

Elle s'efface pour les laisser passer, puis descend l'escalier en regardant plusieurs fois par-dessus son épaule. Andres et Gabriel s'avancent dans la pièce. Adrien Decourcy, une robe de chambre passée sur un chandail et un pantalon de velours, les rejoint presque aussitôt.

— Bonjour. Asseyez-vous... Alors, vous êtes revenu à Corneville ?

Gabriel tire une chaise de sous la table.

— Non, je n'en suis pas sorti depuis notre rencontre. Je suis tombé sur des choses très surprenantes... Tout d'abord, je voudrais vous présenter Andres Cuevas, le père de Jésus...

Le gardien du collège accuse le coup. Alors qu'il avait l'intention de saluer l'arrivant, il pose ses deux mains sur la table.

— Qu'est-ce que ça veut dire ? Vous êtes venus pourquoi...

Andres tente de le rassurer.

— Vous n'avez rien à craindre de moi... Je veux simplement voir l'endroit où mon fils est mort... J'en ai besoin...

Le Poulpe prend le relais.

— Laissez-moi vous expliquer, il est nécessaire que vous m'écoutiez pendant deux minutes, et si vous jugez que nous devons partir, nous le ferons immédiatement... D'accord ?

Le blessé s'assoit en grimaçant.

— Allez-y...

Gabriel sort de sa poche intérieure l'une des photocopies du *Journal de Corneville* obtenues à la médiathèque Jacques-Prévert de Cherbourg.

— Vous saviez que le collège avait servi de prison pendant trois ans ?

Decourcy avance les lèvres tout en écarquillant les yeux.

— Tout est possible. C'est une vieille bâtisse, j'ai lu dans l'exposition que les professeurs ont réalisé qu'il y avait eu pas mal d'exactions dans notre région, pendant la Révolution... La guillotine se trouvait près des halles, face à la bibliothèque actuelle...

Gabriel pose le papier sur la table.

— Selon mes informations, il s'agit d'une période beaucoup plus récente. Tenez, lisez ce qui est entouré au stylo...

Adrien Decourcy tend la main pour saisir son étui à lunettes, les essuie avant de les chausser. Il approche la feuille de ses yeux.

« En application du décret du 6 avril 1940, la circulation des nomades (définis par l'article 3 de la loi du 16 juillet 1912) est interdite dans le département de la Manche. Les instructions du ministère de l'Intérieur datées du 20 janvier 1941 réaffirment la nécessité d'assigner ces individus à résidence, de telle sorte qu'ils soient placés sous la surveillance constante des services de police et de gendarmerie. En conséquence, le conseil municipal, présidé par Ernest Beuglat, maire, décide la réquisition des écoles Sainte-Thérèse, sises dans

l'hôtel de Ménildot, au 5 de la rue Vertugadin à Corneville, afin d'y établir un camp de résidence forcée des nomades du canton. »

— Personne ne m'a jamais parlé d'une chose pareille... J'ai du mal à y croire. Vous êtes sûr que ces décisions ont été suivies d'effet ?

Le Poulpe fait glisser d'autres documents vers lui.

— Oui, j'ai exhumé deux autres articles publiés au cours des semaines suivantes, au printemps 1941. Il y est question de crédits pour l'aménagement de la sécurité du camp, et de son extension à d'autres catégories de prisonniers : des droit-commun, des homosexuels et des juifs en provenance de Rhénanie et de Saxe. Ce sont les seules traces, puisque tous les papiers officiels ont brûlé dans les bombardements de juin 44... Les doubles conservés à la sous-préfecture ont été soigneusement épurés dès la fin de la guerre. D'autres centres de rétention ont été créés dans la région, à Barenton, à Tourlaville, pour lesquels les documents officiels ont été préservés. Le soir du drame, avant de s'introduire dans le collège, Jésus Cuevas avait longuement discuté avec son grand-oncle, Antonio, l'ancien projectionniste... Il est mort d'un cancer, quelques heures après Jésus... La famille savait qu'il avait été incarcéré, pendant la guerre. Il avait pris ses distances, et ses proches ignoraient dans quel camp les gendarmes l'avaient conduit. Il est très possible que ce soit ici...

Andres lève son visage vers l'assassin de son fils.

— Avant de partir, Antonio avait légué tout ce qu'il possédait à Jésus... Sa maison et ses secrets... Il n'est pas venu ici pour voler, mais pour reprendre quelque chose qui appartenait à notre famille... Laissez-nous continuer ce qui a été interrompu...

13

Bonjour docteur...

Une porte percée dans le mur de la maison permet d'accéder directement dans le couloir central du collège. Ils longent une salle de gymnastique, l'infirmerie, la salle du catéchisme, avec, à leur droite, l'enfilade des portes-fenêtres qui donnent sur la cour recouverte d'une couche uniforme de neige, la fontaine, la double volée de marches cimentées. Ils parviennent au hall central dont les plafonds anciens ont été restaurés, les solives grattées et vernies. Le gardien baisse la tête en contournant l'escalier massif pour s'arrêter devant une porte basse fermée par un cadenas. Il sort un trousseau de clefs, fait jouer la serrure et tourne le bouton d'un interrupteur. Une forte odeur de moisissure les enveloppe quand ils descendent dans les sous-sols à la file indienne. Gabriel fait le tour de la première salle taillée dans le calcaire, il se penche vers les sommiers, tire une chaise, écarte un tableau. Adrien Decourcy est demeuré en retrait.

— J'étais là, je ne suis pas allé plus loin... Lui, il se tenait à quatre ou cinq mètres... Je ne sais pas s'il était allé plus loin... Il existe une dizaine de départs de souterrains vers les autres hôtels de Corneville, mais ils sont tous comblés. Là, sur la droite, il y a une immense salle remplie de vieux pavés... Après, c'est toute une série de pièces où personne ne met jamais les pieds... L'électricité ne marche plus, il faut prendre une lampe...

Andres s'arrête un moment à l'endroit vers lequel le gardien a pointé le doigt, près des amoncellements de meubles réformés, puis il rejoint Gabriel qui s'enfonce dans l'allée taillée dans la pierre. Ils font le tour des amas de pavés arrachés à l'ancienne cour du pensionnat, inspectent les recoins des cavités. Une dizaine d'autres espaces abritent des gravats, des volets démantibulés, du linge pourri. Après, on bute sur des éboulis. Soudain, le faisceau de la torche découvre une inscription à la peinture noire à moitié effacée : « *Kranken* ». Andres ralentit.

— C'est quoi, à ton avis ?

— Je ne suis pas très pointu en langues étrangères, mais ça m'a tout l'air de ressembler à de l'allemand. *Krank*, c'est « malade »... Et *Kranken* plus quelque chose, c'est peut-être « réservé aux malades » ou un truc approchant...

— Tu vois où on est ! C'est idéal pour cultiver des endives, pas pour installer un hôpital !

Le Poulpe lui montre une deuxième inscription : « *Zimmer n° 1* ».

— Chambre numéro un... En pleine guerre, sous les bombardements, personne n'est en mesure de faire la fine bouche. En une semaine, Corneville a reçu autant d'obus que Verdun pendant toute une bataille. Plus tu creuses et mieux c'est... Regarde, des morceaux de lits, de tables de nuit, du matériel médical rouillé... En tout cas, ce sont des éléments indiscutables de la présence de l'armée nazie dans les parages... Ils venaient se terrer là pour soigner leurs blessés.

En tout, quatre pièces, d'une trentaine de mètres carrés chacune, recèlent des vestiges d'une antenne médicale militaire. Deux semblent avoir accueilli les interventions, les deux autres faisant office de salles de repos. Andres donne un coup de pied dans une bassine.

— Je ne comprends plus rien à rien...

Gabriel s'accroupit pour scruter les murs d'une des chambres.

— Viens ici, il y a quelque chose...

— Quoi ?

— Regarde... On est à hauteur du lit... Tu vois les traces dans le calcaire ?

Andres s'approche.

— Je vois surtout que quelqu'un a gravé une

inscription, mais c'est impossible de la lire... Tu y arrives, toi ?

— Non, même en orientant la torche. Il me faudrait une feuille de papier blanc et un crayon noir.

Le gardien du collège remonte lentement vers le rez-de-chaussée pour revenir avec le matériel souhaité. Gabriel plaque la feuille contre le mur et demande à Andres de la maintenir. Il frotte lentement la mine de graphite sur le rectangle blanc.

— Quand j'étais gosse, je décalquais comme ça les motifs des pièces de monnaie, les nervures du parquet... Comme Max Ernst. Il ne faut pas trop appuyer... Ne bouge pas, ça apparaît peu à peu... Voilà, c'est terminé, tu peux l'enlever...

Le père de Jésus se redresse pour aller poser la feuille sur une table où Gabriel projette le faisceau de la lampe électrique. Ils parviennent à distinguer les lettres malhabiles de « CORQUISART ASESINO », mais c'est surtout l'autre nom, en ombres blanches dans le nuage gris, qui les sidère : « A. CUEVAS ». Andres tombe dans les bras du Poulpe.

— Voilà ce que Jésus était venu chercher : la preuve que son grand-oncle avait été incarcéré dans le camp pour Gitans de Corneville... Pour moi, c'est plus important encore que tous les bouts de papier signés par Beuglat. C'est comme si Antonio nous parlait encore.

— Oui... Tu as une idée de qui est ce Corquisart qu'il traite d'assassin ?

— Inconnu au bataillon !

Adrien Decourcy est venu jusqu'à eux. Il ne peut détacher son regard mouillé de larmes du graffiti légué par Antonio à celui qu'il a tué, par peur.

— Je ne pouvais pas savoir... C'était impossible.

Andres est incapable de lui répondre. Il s'éloigne vers l'escalier, tenant le papier à la main. Decourcy lève les yeux vers Gabriel.

— Il y avait un docteur Corquisart, à l'hôpital... Elle me soignait...

Gabriel le dépasse sans un mot, juste une pression des doigts sur le bras, en passant, pour le remercier.

Les Gitans restés à la mairie pour les commentaires des élus sur l'exposition d'esquisses, ont rejoint les frères Dounaru devant l'entrée de service du pensionnat. Gabriel les entraîne vers *La Fauvette* pour une tournée générale de Trinquette, la bière blanche locale aromatisée au calvados. Il assèche son verre et se hisse sur un tabouret de bar pour consulter l'annuaire de la Manche. Le seul Corquisart répertorié habite sur le canton, dans le village de La Digue-sur-Brisette, à une dizaine de kilomètres de Corneville. Il compose le numéro sur le téléphone du café. On décroche après une dizaine de sonneries alors qu'il s'apprête à raccrocher.

— Allô ? Bonjour... Je suis bien chez le docteur Corquisart qui travaille à l'hôpital ?

— Oui, c'est à quel sujet ?

Le ton est tellement cassant que Gabriel décide d'en rajouter.

— J'ai eu votre numéro par l'un de vos patients, M. Adrien Decourcy... Nous sommes des amis d'enfance... Il a gardé un excellent souvenir de vous et de son infirmière, Géraldine...

Elle l'interrompt.

— Écoutez, monsieur...

Il comble le faux silence.

— Lecouvreur... Gabriel Lecouvreur...

— Écoutez, monsieur Lecouvreur, c'est très aimable à vous de faire le télégraphiste, mais je suis en consultation à mon cabinet et je n'ai pas le loisir de prolonger cette conversation...

— Excusez-moi... J'ai juste une question à vous poser, et je vous laisse...

Il l'entend soupirer.

— Allez-y...

— Voilà : ma mère est décédée, il y a un an. Les derniers temps, elle ne cessait de me dire les meilleures choses sur le docteur Corquisart qui l'avait sauvée dans les années d'après guerre, ici, à Corneville... Je voulais savoir s'il s'agissait de quelqu'un de votre famille...

La voix se fait plus douce.

— En effet, c'est mon père. Il a exercé jusqu'en 1980. Depuis, il profite d'une retraite bien méritée...

— Vous ne pouvez pas imaginer combien ça me touche... J'aimerais lui envoyer une lettre écrite par ma mère, à son intention. Il habite chez vous ?

— Non, mais il n'est pas loin. Adressez-la à son nom au moulin à tan de la Sinope, cela lui fera vraiment plaisir.

Toute la troupe se serre dans les deux voitures blanchies qui prennent, à petite vitesse, la direction de Saint-Vaast-la-Hougue. À la hauteur des étangs de Chantereyne, les gendarmes ont balisé une courte déviation pour contourner un camion transportant des poulets de batterie qui s'est mis en travers de la route. Plusieurs des hommes en uniforme qui s'affairent sous la neige participaient aux descentes dans le campement, et ils plongent des regards soupçonneux sur le convoi manouche. Ils le laissent passer à regret. D'après la carte, il faut traverser une forêt de chênes, éviter le village de La Digue, puis prendre sur la gauche pour rejoindre le cours de la Sinope. Le chemin longe les ruines imposantes d'une ferme qu'orne toujours un cadran solaire. Une pie s'accroche à la flèche. Plus loin, un panneau indique le lieudit du Moulin-à-Tan, dernier vestige d'une époque où cette vallée minuscule travaillait les peaux. La bâtisse, appuyée sur les deux rives du cours d'eau, apparaît après un virage, entourée de fusains. Ils viennent se garer près de l'entrée. À quelques mètres, un vieil homme est occupé à remplir des petites coupelles de riz et à les disposer sur le rebord des fenêtres du rez-de-chaussée. Il se retourne en entendant le bruit des moteurs, le claquement des portières. Gabriel se détache du groupe.

— C'est pour les oiseaux ?
— Oui, il faut bien que quelqu'un s'en occupe... Le gel est arrivé d'un coup, ils ont besoin de prendre des forces... Vous cherchez quelqu'un ?

Gabriel allume une cigarette.

— Oui, le docteur Corquisart. J'ai eu sa fille au téléphone, elle m'a dit qu'il habitait ici. C'est vous ?

Le vieillard promène un regard inquiet sur Andres et ses amis, chapeaux, vestes et moustaches noirs, qui se tiennent immobiles, à l'écart, sous les rafales de flocons.

— C'est moi, en effet. Qu'est-ce que vous me voulez ?
— Moi, pas grand-chose. C'est surtout Andres

Cuevas qui a des choses à vous demander, à propos de son oncle. Si vous pouviez nous inviter au chaud tous les deux, on pourrait discuter tranquillement sans risquer une congestion...

Il pousse la porte d'une salle de séjour qui surplombe le cours d'eau. Un setter irlandais pointe son museau.

— J'ai l'impression que je n'ai pas vraiment le choix. Entrez.

Le docteur Corquisart traverse la pièce et va se placer près d'une cheminée en pierres massives. Il remue le feu à l'aide d'un tisonnier qu'il prend ostensiblement le soin de garder à la main. Le contact du fer lui redonne de l'assurance.

— Alors ?

Andres tire une chaise pour s'asseoir en bout de la table de ferme. Il attaque frontalement.

— Je suis le père de Jésus Cuevas qui est mort la semaine dernière, tiré comme un lapin dans les sous-sols du pensionnat de la rue Vertugadin. Vous les connaissez bien ?

— Qui ça ?

— Les sous-sols du pensionnat...

Le setter dresse la tête, sensible au changement de ton de son maître.

— Pourquoi ? Je devrais les connaître ?

Gabriel prend le relais.

— Bien sûr... Au printemps 41, l'ancien couvent a été réquisitionné par Ernest Beuglat, le héros de Corneville, pour être transformé en centre d'internement pour les déviants de ce temps-là : les juifs, les homosexuels, les Gitans, plus quelques droit-commun pour faire bonne mesure... Les documents que j'ai retrouvés indiquent que le nombre de personnes incarcérées, uniquement des hommes, atteignait le chiffre de deux cents. Vous exerciez bien dans cette ville, au cours de ces années d'occupation ?

— J'ai fait toute ma carrière à Corneville, en cabinet et à l'hôpital... Ce n'était pas une période facile, croyez-moi...

— Surtout pour ceux qui étaient derrière les barreaux et qu'on employait comme esclaves à la construction des blockhaus, des bases de V1. Un article paru à la Libération signale que les derniers prisonniers se sont enfuis au moment des bombardements alliés, ce qui démontre que le camp a fonctionné pendant plus de trois ans. Le commandant du centre, Leutner, a disparu à l'arrivée des Américains. Le bruit a couru qu'il s'était suicidé, mais rien n'est certain. Il se planque peut-être en Amérique du Sud ou en Syrie. Il est probable qu'il y a eu des maladies dues à la malnutrition, des accidents du travail... Et dans ces cas-là, on fait appel aux services d'un médecin... Assez logique, non ?

— Je n'étais pas le seul, on y est tous allés... Contrairement à toute la littérature qui s'écrit aujourd'hui, ils n'étaient pas aussi maltraités que ça... On exagère beaucoup...

Andres se lève et marche vers lui. Le chien se dresse.

— Je vais te dire une chose : on m'a appris le respect des anciens, mais il s'efface devant les égards que l'on doit à ceux qui sont morts et qu'on a connus. Mon grand-père, Manuel Cuevas dit le Hongroyeur, habitait ici, dans cette région. Il a disparu en compagnie d'un demi-million de Roms. Parti en fumée comme les bûches de ta cheminée. On n'a rien retrouvé de lui, même pas une poignée de cendres. Tu te souviens de son fils, Antonio Cuevas, celui qu'on appelait La Bolée, à cause du verre de cidre qu'il offrait à ceux qui achetaient un billet pour entrer dans sa baraque de cinéma ?

— En cinquante ans de consultations, j'ai vu des dizaines de milliers de personnes. Je ne peux pas me rappeler tout le monde...

Le Poulpe vient se placer près d'Andres. Il tend la main vers le setter qui vient se frotter à lui en remuant la queue.

— Le problème, je veux dire votre problème, c'est que, lui, il ne vous a pas oublié... Faites un effort, docteur... Vous traversez le hall, vous descendez l'escalier, vous passez les premières salles, celles où sont entreposées toutes les vieilleries, les tonnes de pavés. C'est là que ça se déroulait, juste après, dans les quatre pièces du fond, avant d'arriver au tunnel éboulé...

— J'aurais bien voulu vous y voir ! On ne pouvait pas faire autrement, quand les Allemands vous ordonnaient de venir, personne n'était assez fou pour dire non.

Andres déplie le graffiti prélevé sur le calcaire de la cave du pensionnat, l'agite devant le visage du vieillard.

— Vous êtes vraiment trop modeste, docteur Corquisart. Vous avez laissé des traces. Ce n'est pas pour rien qu'Antonio vous appelait l'assassin... Il a gravé votre nom sur les murs de sa prison.

Le docteur se met soudain à hurler.

— C'est une calomnie ! Je n'ai jamais tué personne, ce que j'ai fait, j'y ai été obligé...

Gabriel retient et calme Andres qui veut poursuivre sur le même ton.

— C'est le commandant du camp, Leutner, qui faisait pression sur vous ?

Le vieil homme se voûte, laisse tomber son tisonnier qui rebondit sur le carrelage.

— Non, l'*Oberstruppführer*, c'était avant tout un alcoolique. Il trouvait son plaisir en apprenant des chants nazis aux prisonniers, puis il les faisait défiler au pas le dimanche matin dans les rues de Corneville... Le laboratoire souterrain n'était pas sous sa responsabilité... Les prisonniers travaillaient à la construction des fortifications, pour l'Organisation Todt qui possédait sa propre milice indépendante, les uniformes noirs... Un de leurs gradés, le docteur Mülhnam, faisait partie, jusqu'en 1940, de l'équipe de Robert Ritter, à Francfort...

— Et c'est qui ce Ritter ?

— L'un des principaux responsables du programme biologique appliqué aux *Zigeuner*, les Tsiganes d'Allemagne... Dès qu'il a appris qu'il existait un groupe de Roms internés dans son secteur, il a tout mis en œuvre pour continuer ses expériences... Je ne pouvais pas faire autrement... J'ai essayé de réduire au maximum leurs souffrances... Je leur donnais des médicaments en cachette...

Andres surmonte sa colère, son dégoût.

— Qu'est-ce que vous leur faisiez à mes frères ? C'était quoi ces expériences, exactement ?

Le vieux médecin se laisse choir sur un fauteuil, près de la cheminée. Il renifle.

— La stérilisation... J'aurais refusé si on m'avait demandé de faire des expériences de castration chimique... Ce n'était pas du tout au point, à l'époque, les gens souffraient énormément... Ça ressemblait plutôt à des meurtres. Là, il ne s'agissait que d'une opération bénigne. On incise le scrotum et on ligature le canal déférent par lequel les spermatozoïdes se mélangent au sperme... En dix minutes, tout est fini. C'est pratiquement indolore...

Le setter irlandais pose ses pattes sur les genoux de son maître et lui lèche la figure.

— C'est réversible, cette intervention ?

Corquisart repousse son chien.

— Non, malheureusement...

Épilogue

Ils ne disent rien en retrouvant les frères Dounaru, Patrick Enescueros, les fils Jérez, incapables de faire écho aux mots du tortionnaire. Andres s'est mis au volant. Il conduit vite, sans se soucier des congères, des plaques de neige verglacée. Il emprunte tout un lacis de routes et de chemins, longe le parc animalier, plonge sur les marécages gelés où se cache la *tierra de cuero*. Tout le monde sort des caravanes au bruit des moteurs. Andres se jette dans les bras de Casilda en pleurant, puis il va cacher son émotion dans le secret de sa chambre. Gabriel se retrouve seul avec la vieille Incarna dans la minuscule salle de séjour.

— Je vous fais réchauffer du café ?

— Oui, j'en ai bien besoin...

Elle pose sur la table une bouteille ouvragée d'anis Del Mono.

— Mettez-en un peu au fond de la tasse, c'est

meilleur... Alors, ça y est, vous avez compris ce qui était arrivé à Jésus...

Le Poulpe la regarde, intrigué. Le ton n'est pas celui d'une question mais d'une constatation.

— Oui... Ce n'était pas un voleur... Bien au contraire... Avant de mourir, Antonio lui avait confié son secret. Il avait été charcuté par des médecins aux ordres des nazis, dans les sous-sols du collège de la rue Vertugadin. Il ne voulait pas que ça reste oublié. Cette nuit-là, Jésus était parti à la recherche des preuves que son grand-oncle avait laissées derrière lui... Je suis persuadé que vous étiez au courant...

Elle se sert un petit verre d'anis, l'avale d'un trait.

— Antonio et moi, on était comme les deux doigts d'une même main. On a grandi ensemble ici. On devait se marier... Je me souviens mieux qu'hier du jour où il a été arrêté par les gendarmes. J'avais été recueillie par une famille qui habitait à dix kilomètres de Corneville, et le dimanche je pleurais pour qu'on m'emmène à la messe. Je le voyais défiler en habit de bagnard, j'essayais d'attirer son attention... Après la guerre, il n'était plus pareil, je n'arrivais plus à lui parler, c'était comme si j'étais devenue une étrangère. Jusqu'au jour où il m'a dit qu'il ne pourrait jamais vivre avec moi, que c'était impossible. C'est lui qui m'a demandé de me marier avec Hoffmann... J'ai dit oui parce que je savais qu'il veillerait sur moi...

Gabriel se lève et la serre contre lui.

Ils boivent leur café en silence, puis le Poulpe prend congé de tous les habitants du campement. Les frères Dounaru le raccompagnent à l'*Hôtel des Louves* où il a laissé sa voiture. Il règle sa note, récupère un nouveau message de Cheryl, et met le cap sur Paris. Il glisse le disque de *Vengo* dans le lecteur. Le paysage uniformément blanc défile, mais rien n'y fait, il neige dans son cœur comme il neige sur les arabesques du guitariste Tomatito, sur le lyrisme soufi de Ahmad Al Tuni, sur les cris d'Indienne de la Caïta, sur la voix de verre de Remedios Silva Pisa :

> *Naci en Alamo*
> *Naci en Alamo*
> *No tengo lugar*
> *No tengo paisaje*
> *No menos tengo patria...*

Il est près de dix heures quand il butte sur l'embouteillage géant de Saint-Arnoult-en-Yvelines. Une heure d'immobilité totale, puis deux, avec les souvenirs du tournage, Jésus et Las Cigalas de Jérez, les reflets de mort sur les lames des Caravaca, le blues de la prostituée japonaise, la danse d'Alma sur le plateau du camion, pendant la sardinade... Il parvient à se placer sur la bande d'arrêt d'urgence, gagne la dernière sortie avant la barrière de péage. Une heure encore à avancer au pas. Il arrive à l'échangeur et s'apprête à tenter de rejoindre Paris par les départementales quand son regard accroche un panneau, en sens inverse : « Bordeaux-Barcelone ». Il donne un coup de volant et la voiture dérive vers l'Andalousie dont le nom se confond dans sa tête avec celui d'Alma.

Aubervilliers, janvier 2003.

DU MÊME AUTEUR

Aux Éditions Gallimard

RACONTEUR D'HISTOIRES, *nouvelles (Folio n° 4112).*

Dans la collection Blanche

MEURTRES POUR MÉMOIRE, *n° 1945* (Folio Policier, *n° 15*). Grand Prix de la littérature policière 1984 – Prix Paul Vaillant-Couturier 1984.

LE GÉANT INACHEVÉ, *n° 1956* (Folio Policier, *n° 71*). Prix 813 du Roman noir 1983.

LE DER DES DERS, *n° 1986* (Folio Policier, *n° 59*).

MÉTROPOLICE, *n° 2009* (Folio, *n° 2971* et Folio Policier, *n° 86*).

LE BOURREAU ET SON DOUBLE, *n° 2061* (Folio Policier, *n° 42*).

LUMIÈRE NOIRE, *n° 2109* (Folio Policier, *n° 65*).

12, RUE MECKERT, *n° 2621* (Folio Policier, *n° 299*).

JE TUE IL…, *n° 2694.*

Dans « Page Blanche » et « Frontières »

À LOUER SANS COMMISSION.

LA COULEUR DU NOIR.

Dans « La Bibliothèque Gallimard »

MEURTRES POUR MÉMOIRE. Dossier pédagogique par Marianne Genzling, *n° 35.*

Aux Éditions Denoël

LA MORT N'OUBLIE PERSONNE (Folio Policier, n° 60).

LE FACTEUR FATAL (Folio Policier, n° 85). Prix Populiste 1992.

ZAPPING (Folio, n° 2558). Prix Louis-Guilloux 1993.

EN MARGE (Folio, n° 2765).

UN CHÂTEAU EN BOHÊME (Folio Policier, n° 84).

MORT AU PREMIER TOUR (Folio Policier, n° 34).

PASSAGES D'ENFER (Folio, n° 3350).

Aux Éditions Manya

PLAY-BACK, prix Mystère de la Critique 1986 (Folio Policier, n° 131).

Aux Éditions Verdier

AUTRES LIEUX.

MAIN COURANTE (Folio, n° 4222).

LES FIGURANTS.

LE GOÛT DE LA VÉRITÉ.

CANNIBALE (Folio, n° 3290).

LA REPENTIE (Folio Policier, n° 203).

LE DERNIER GUÉRILLERO (Folio, n° 4287).

LA MORT EN DÉDICACE.

LE RETOUR D'ATAÏ.

CITÉS PERDUES.

Aux Éditions Julliard

HORS LIMITES (Folio *n° 3205*).

Aux Éditions Baleine

NAZIS DANS LE MÉTRO (Librio, *n° 222*).
ÉTHIQUE EN TOC (Librio, *n° 526*).
LA ROUTE DU ROM (Folio Policier, *n° 375*).

Aux Éditions Hoebecke

À NOUS LA VIE ! *Photographies de Willy Ronis.*
BELLEVILLE-MÉNILMONTANT. *Photographies de Willy Ronis.*

Aux Éditions Parole d'Aube

ÉCRIRE EN CONTRE, *entretiens.*

Aux Éditions Éden

LES CORPS RÂLENT (Librio, *n° 704*).
LES SORCIERS DE LA BESSÈDE (Librio, *n° 704*).
CEINTURE ROUGE.

Aux Éditions Syros

LA FÊTE DES MÈRES.
LE CHAT DE TIGALI.

Aux Éditions Flammarion

LA PAPILLONNE DE TOUTES LES COULEURS.

Aux Éditions Rue du Monde

IL FAUT DÉSOBÉIR.
UN VIOLON DANS LA NUIT.
VIVA LA LIBERTÉ.
L'ENFANT DU ZOO.

Aux Éditions Casterman

LE DER DES DERS. *Dessins de Jacques Tardi.*

Aux Éditions L'Association

VARLOT SOLDAT. *Dessins de Jacques Tardi.*

Aux Éditions Bérénice

LA PAGE CORNÉE. *Dessins de Mako.*

Aux Éditions Hors Collection

HORS LIMITES. *Dessins d'Assaf Hanuka.*

Aux Éditions EP

CARTON JAUNE. *Dessins d'Assaf Hanuka.*
LE TRAIN DES OUBLIÉS. *Dessins de Mako.*
L'ORIGINE DU NOUVEAU MONDE. *Dessins de Mako.*

Aux Éditions Liber Niger

CORVÉE DE BOIS. *Dessins de Tignous.*

Aux Éditions Terre de Brume

LE CRIME DE SAINTE-ADRESSE. *Photos de Cyrille Derouineau.*

Aux Éditions Nuit Myrtide

AIR CONDITIONNÉ. *Dessins de Mako.*

Aux Éditions Syllepse-Mrap

IL N'Y A RIEN DE PLUS TERRIBLE QUE SON REGARD : le RACISME VÉCU, LES DISCRIMINATIONS AU QUOTIDIEN *en coordination avec Emmanuelle le Chevalier.*

Composition IGS.
Impression Société Nouvelle Firmin-Didot
à Mesnil-sur-l'Estrée, le 20 décembre 2005.
Dépôt légal : décembre 2005.
1ᵉʳ dépôt légal : mai 2005.
Numéro d'imprimeur : 77302.

ISBN : 2-07-031584-3/Imprimé en France.

142084